U0527429

BBC
DOCTOR WHO

The Shining Man
闪光的人

［英］卡文·斯科特 / 著
海 蒂 / 译

新 星 出 版 社　NEW STAR PRESS

DOCTOR WHO: The Shining Man by Cavan Scott
Copyright © 2017 Cavan Scott
First published as Doctor Who: The Shining Man by BBC Books, an imprint of Ebury, Ebury Publishing is part of the Penguin Random House group of companies. Doctor Who is a BBC Wales production for BBC One. Executive producers, Steven Moffat and Brian Minchin. BBC, DOCTOR WHO and TARDIS (word marks, logos and devices) are trademarks of the British Broadcast Corporation and are used under licence.
This edition arranged with Ebury Publishing
through Big Apple Agency, Inc., Labuan, Malaysia.
The Shining Man Chinese edition copyright:
2021 Chengdu Eight Light Minutes Culture Communication Co., Ltd.
All rights reserved.
The Cover is produced by Woodlands Books Ltd.
著作版权合同登记号：01-2020-0118

图书在版编目（CIP）数据

闪光的人 /（英）卡文·斯科特著；海蒂译. —— 北京：新星出版社，2021.5
（神秘博士）
ISBN 978-7-5133-4413-5

Ⅰ. ①闪… Ⅱ. ①卡… ②海… Ⅲ. ①幻想小说－英国－现代 Ⅳ. ①I561.45

中国版本图书馆CIP数据核字(2021)第044943号

闪光的人

[英] 卡文·斯科特 著；海蒂 译

责任编辑： 黄　艳
特约编辑： 胡怡萱　姚　雪
责任印制： 李珊珊
装帧设计： 付　莉　张广学

出版发行：	新星出版社
出 版 人：	马汝军
社　　址：	北京市西城区车公庄大街丙3号楼 100044
网　　址：	www.newstarpress.com
电　　话：	010-88310888
传　　真：	010-65270449
法律顾问：	北京市岳成律师事务所

读者服务：	010-88310811　service@newstarpress.com
邮购地址：	北京市西城区车公庄大街丙3号楼 100044

印　　刷：	北京华联印刷有限公司
开　　本：	910mm×1230mm　　1/32
印　　张：	8.25
字　　数：	155千字
版　　次：	2021年5月第一版　2021年5月第一次印刷
书　　号：	ISBN 978-7-5133-4413-5
定　　价：	46.00元

版权专有，侵权必究；如有质量问题，请与印刷厂联系更换。

献给马克

1. 胡编乱造

"妈妈!"

萨米·霍兰德刚进家门,儿子就跑过走廊来搂住了她。

"啊,这是怎么啦?"她把诺亚从腰间拉开,低头看着他哭肿的眼睛,擦去他脸上的泪,"到底怎么了?"

诺亚今年8岁,看上去比实际年龄矮些。他的脸颊像花栗鼠一样圆鼓鼓的,上面长着雀斑。这孩子还有一头蓬松的棕色鬈发。他吸了吸鼻子,又用手背擦了擦鼻涕,"他向我和弗兰基扑过来了。太可怕了!"

萨米皱起眉头,"什么?你在说什么啊?"

"他就是在胡编乱造!"起居室传来一个声音。

萨米看向走廊对面,透过起居室的门,她能看到女儿慵懒地躺在沙发上。玛茜今年10岁,看起来却跟18岁似的。这种早熟倒很像她爸爸,真是遗憾。两个孩子的身形截然不同:诺亚个子小,玛茜却又瘦又高,齐肩的头发直直披下,发色深得近乎黑色。两人的性格也相去甚远。诺亚是典型的黏妈妈的孩子,老是想要抱抱，玛茜则渐渐成为一名独立自主的少女，渴望长大成人。她只关心化妆和明星八卦，整天都离不开手机。

"胡编乱造什么？"萨米问，"谁能告诉我发生什么事了？你弟弟为什么这么难过？"

"是你吗，亲爱的？"屋子里传出一个女人的声音，"你回来了就好！"

"妈妈？"萨米把手提包扔在门边，抱起诺亚走进厨房，诺亚的泪水顺着她的脖子流下。她的母亲正在杂物间里，把湿衣服一件件放进滚筒式烘干机。萨米真不知道，要是没有她，自己怎么应付得过来。她母亲放弃了在当地合作社的工作，提前退休来帮自己照看孩子。母亲每天去学校接孩子们，给他们准备茶点，这样萨米就不用早早下班赶回家了。当然，萨米反复跟母亲说她不需要洗衣服，但希拉里·沃什可不是会轻易罢休的女人，此外她也不会忍受孙辈们的胡闹。

"从学校回来后，我还没顾得上他呢。"希拉里一边按摩自己的后背，一边用力关上烘干机的门。

萨米让诺亚坐在厨房的料理台上。从他蹒跚学步开始，每当母子俩需要进行严肃谈话，她就会这么做。诺亚晃着双腿，低头看着地板上的格纹地毡，回避她的目光。

"好，我们来说说清楚。谁朝你扑过来了，诺亚？"

希拉里抱起双臂，意味深长地看了外孙一眼，"如果你不说，我就告诉她。"

诺亚还是没有吱声，希拉里喷了一下。"好吧，"她说，"有些人在午饭时间离开了学校。"

萨米叉起腰，"诺亚，不会吧?!"

"你想告诉她原因吗?"

诺亚含糊地咕哝了些什么。萨米后退一步，像母亲那样抱住自己的双臂。虽然她不愿意承认，但她们母女实在太像了。她俩都不到一米六二，都有浓密的鬈发和蓝绿色的眼睛，也都鄙视谎言和说谎的人。

"你说什么?"萨米把头向前倾，"到底是为什么?"

诺亚长叹一口气，放弃抵抗，"是迪伦。他说他在上学路上看到了一个，在施儒弗大道上。"

"看到了什么?"

诺亚用手掌根擦擦眼睛，仍然左顾右盼，但就是不看向妈妈。"一个闪灵人。"他喃喃地说。

"你别跟我开玩笑了。"萨米看看儿子又看看母亲，而希拉里只是耸耸肩又摇摇头。"收音机里那些胡说八道的玩意儿你也提? 关于逃学的后果，我是怎么跟你说的? 威宁克先生说什么了吗?"

"哦，相信我，他说得够多了。"希拉里说。接着，她极其详细地描述了新校长的失望之情。

"我简直不敢相信。"萨米说着,用手捋了捋刚刚淋雨还湿着的头发。她生气地回到厨房,用水壶烧上水。她并不是真的想喝杯什么,只是出于习惯,她必须找件蠢事来做,以免对儿子咆哮出声。"一个闪灵人?你认真的吗?"

诺亚跟着她离开房间,"但迪伦是对的。我们看见他了。"

"我都跟你说了嘛,他就是在瞎编!"玛茜在另一个房间里喊道。

"你别掺和!"萨米对玛茜说,"别老盯着屏幕。你不用写作业吗?"

"已经做完了,"对方回答,"我在跟秀娜视频。"

萨米欲言又止。还是集中火力先解决一个吧,萨米。她对自己说,集中火力。

她鼓起腮帮子,把诺亚领到厨房的桌子旁,让他坐下。

"诺亚,"她坐到他旁边,拉起他的手说,"闪灵人并不存在。他们只是传过头的愚蠢的都市传说。"

诺亚一脸疑惑,"什么是都市传说?"

"用来吓唬人的鬼故事。"

"但迪伦说……"

"迪伦·爱德华兹说了一大堆,"她厉声说,"都是胡说。"她顿了顿,以恢复平静,"你究竟为什么离开学校?你们是要去报刊亭吗?"

"我都跟你说了呀,我们在寻找那个闪灵人,但是他先找到了我们。他从灌木丛里跳出来,对我们大吼大叫。"

"诺亚……"

他猛地把手抽开,"弗兰基就说你不会相信我,他说对了。"

"我没说……"

"我说的都是真的!"诺亚坚持道,"他眼睛里的光照着我们的脸,我们什么也看不见,他还想抓弗兰基。"

"你还跟威宁克先生说了这事?"

"我跟每个人都说了,但没有人听。"诺亚推开椅子冲出房间,椅子脚在厨房地板上碾得嘎吱作响。萨米听着儿子冲上楼时"咚—咚—咚"的脚步声,用手捂住了脸。

"你不该允许他那样对你说话。"希拉里在水池边说道。水冲刷碗盘的声音像是在跟楼上诺亚房间里传出的音乐声较劲。

"别管那个了,妈妈。"萨米站起来,"碗留着我来洗吧。"她脱下外衣挂到楼梯下面,"万一他说的是实话呢?"

希拉里哼了一声,"他看到了幽灵和小妖怪?如果你连这都相信,你就跟他一样蠢。"

"确实有什么东西把他吓坏了。"

"是啊,他逃学被逮住了嘛。他在说车轱辘话,你心里清楚。"

萨米靠在厨房门上,叹了口气。闪灵人——她第一次听说时，不过一笑置之。那些在模糊的照片中游荡街角的怪物，眼睛就像两盏强光灯。她在网上看过那些照片，觉得那些家伙跟以前诺亚的爸爸让她看的廉价恐怖片里的东西没啥两样。那时，每周都有一张封面花哨、标题愚蠢的新DVD被啪的一声扔进门，而她还得假装看得很开心。《魔鬼的耳语》《隔墙有牙》《淘汰之子》……真是一堆垃圾。如果她再也不用看怪物电影就好了。

她之前认为关于闪灵人的报道也是这种幼稚电影的宣传噱头，所以对其不屑一顾，毕竟万圣节就快到了。但是后来，孩子们开始在学校里大肆谈论那些闪灵人，说看到他们在附近出没，从而彼此吓唬。而讨厌的迪伦·爱德华兹就是这帮人里最令人头疼的那一个。那孩子真是不见棺材不落泪。

"妈——妈！"玛茜在客厅里抱怨，"诺亚放的音乐声太大了，我都听不到秀娜的声音了！"

"哪里大声了啊！"诺亚在楼上喊道，把音量又调高了至少十分贝。

萨米强忍着用头撞墙的冲动。今晚怕是不好熬啊。

两小时后，霍兰德家的气氛缓和了许多。玛茜在她的房间里，八成仍盯着屏幕，萨米则坐在诺亚的床边，手里拿着一本翻旧了的书。

"小妖怪气得上蹿下跳，"她念着，"'这是个诡计，'它抱怨道，'肮脏人类的肮脏诡计！'"

诺亚咯咯地笑了。他一直很喜欢妈妈模仿小妖怪时装出的尖嗓子。

"杰克对小妖怪笑了，"她继续读道，"'我们说好了的，'他提醒那家伙，'我已经履行了我的约定，现在轮到你了。'"

"'我俩没完！'小妖怪咆哮着消失在一缕烟雾中，那里留下了一只金蛋。杰克捞起他的战利品一路跑回家，从此和母亲过上了幸福的生活。"

诺亚微笑着缩在他的超级英雄羽绒被里，被子上印着升空穿过曼哈顿天际线的身影。"谢谢你，妈妈。"

萨米把他前额上的一绺头发轻轻抚到后面，"不客气。"

"我能自己看一会儿书吗？"

她合上书递了过去，"半小时后熄灯，我会来检查的。"

诺亚点点头，迫不及待地翻开色彩鲜艳的书页。这些故事他其实早已烂熟于心。萨米已经记不清他们一起读过这本书多少遍了，但她并不介意。从她自己小时候起，《不存在的小妖怪》就是她的最爱之一。以前，读到小妖怪被激怒时，她爸爸总是发出滑稽的声音让她尖声大笑。

她俯身在诺亚的头上吻了一下，"我爱你，小花生。"

"我也爱你，妈妈。"

萨米让诺亚自己读童话，转而去查看玛茜的情况。不出所料，她的女儿正躺在床上看网络视频，耳机紧紧地扣在耳朵上。萨米始终想不通，为什么玛茜看其他孩子玩游戏花的时间比她自己玩游戏的时间还长。不过，既然这能让自己获得片刻安宁，她也懒得计较了。至少玛茜没在跟弟弟吵架。

萨米走下楼。厨房里的收音机还在响，正播着20世纪90年代的一首热门歌曲。萨米笑了。当年满大街都不停地放这首歌，而她妈妈一直很讨厌它。

她走进厨房，顺手用水壶烧上水。茶具还留在水槽里没洗。平时她妈妈会洗，但希拉里今天约了一起玩宾果牌的女孩子们去皇宫剧院看戏，已经急急忙忙地进城去了。萨米暗自发笑，"女孩子们"——她们随便哪个都不止60岁。

收音机里的那首歌结束了，接下来是七点钟新闻。萨米已经知道头条会是什么了。自从她进了家门，每一则简讯都在重播同一个故事。

"闪灵人于斯托克波特被捕，"新闻播音员说，"当地人要求采取行动。"

萨米叹了口气，关掉收音机。谢了，她今晚已经听腻闪灵人的事了。这事儿简直要失控了。现在，有人专门打扮成那些该死的东西去吓唬人。在斯托克波特被捕的那家伙，就扑向一位82岁的老太太，把她吓得半死。真是疯子。一想到有人那样吓唬了诺亚，萨米就怒火中烧。玛茜确信诺亚说的全是谎话，但后者整晚都没改口。萨米也不知道该信谁，但她希望诺亚在下次逃学前能多想想。

走廊传来手机的铃声，萨米走过去，从手提包里拿出手机，看了眼屏幕——是同事波莉。她点了接听。

"嗨，小波。"她说着慢步回到厨房。水壶里的水已经不沸了，她又重新按下加热开关，从沥水架上找了个干净的杯子。"不，我今晚出不去了。我妈妈进城去了，没人看孩子。"波莉提了一个建议，萨米嗤笑了一下，"是啊，说得好像那真的能行似的。你也知道迈克这个人，至少得提前两个月预约才能让孩子们跟他见面。况且，诺亚今晚确实需要我陪着。"

她一边跟波莉讲闪灵人惹出的乱子，一边往杯子里扔了个茶包。她倒好水，从冰箱里拿出牛奶。"我知道。新闻里都在说。你听说关于斯托克波特那个家伙的事了吗？他就该永远关在监狱里。"

她回到水池边，在往茶里加牛奶时抬头瞥了一眼窗外，"这是在逗我呢？"

波莉在电话里问她怎么了。

"有个家伙在街角……一个闪灵人！"

波莉骂了一句。

"显然不是'真家伙'，肯定是个乔装打扮的神经病。"

萨米从水槽上向前探身,想看得更清楚些——对方背影高挑,瘦得离谱。在她盯着那家伙时,他转过头来,两束光柱随即扫过他身前的马路。

"那家伙一定在头上戴着手电筒之类的。"她喃喃自语,波莉着急地问她到底在说什么。

"没什么,"她一边回答,一边下了决心,"小波,我得走了。"她怒气冲冲地奔出厨房,抓起挂在墙上的外套,"我会让他们为随意吓唬路人付出代价的。"

电话那头的波莉想要劝阻她。"他们又不能拿我怎么样。"萨米披上外套,"他很可能只是个不敢露脸的大懦夫而已。好的,好的,我会小心的。我会再打给你的。"

萨米结束通话,四处找钥匙。它到底在哪儿呢?

她把手机放在客厅的书柜上,翻遍了口袋,然后又走回厨房,一眼看到了水壶旁边的钥匙圈——那是全家人在康沃尔度假时买的。上面的塑料小精灵正调皮地冲她眨着眼睛。

她抓起钥匙,朝门口走去。

"我出去一会儿,"她打开前门对孩子们喊道,"你们都乖乖待在床上。"她没等两人回答就出门了。

萨米一走出门就感到一阵寒意袭来。什么怪胎会在十月中旬的大冷天里站在街角吓唬人啊?也许就是那种会在学校附近吓唬孩子的社会渣滓吧。她拉上外套的拉链,沿着马路大步走过去。

"喂!"她叫道,"你以为自己在干什么呢?"

那人没有转身,纹丝不动地站着。他穿着破旧的长外套,油腻的长发披在身后。

"我在跟你说话呢!"她继续道,"你这么吓唬人是不对的。这不是开玩笑的,你知道吗?我儿子今天已经被吓坏了。他是真的、真的非常害怕。"

那个怪人还是不理她。她忍无可忍了。

她没法拍他的肩膀,那家伙太高了她够不着,或者说简直高得离谱。即便如此,她也没有收手,她今天是不会收手的。萨米抓住他的胳膊,拉他转过身来面对自己。

"所以,你打算怎么为自己开脱?"

闪灵人什么也没说,但他这次转身了。那手电筒的光要把她晃晕了,萨米抬起一只手想遮挡光线,"喂,省省吧。把那玩意儿关掉。"

闪灵人歪了歪长得出奇的脑袋,萨米的话忽然哽在喉咙里。那光不是从手电筒里射出来的,而是从对方闪耀的大眼睛里射出来的。那张脸也没有鼻子和耳朵——是张面具吧。对,一定是这样,只不过它比贝特沃斯超市里卖的那种廉价万圣节道具仿真度高些。

然而,那张脸上忽然出现了一条细缝,萨米倒退一步,只见那条细缝渐渐打开,变成了张大的嘴,还在黑暗中闪闪发亮。

萨米绊了一跤，尖叫起来。强光扫过她的身体，抹去她眼前的一切，灼烧着她的皮肤。

然后，闪灵人闭上眼睛和粗糙的嘴，脸又变回之前光滑的样子。他的身影忽闪着消失了。

15号房间的窗帘动了一下，萨米的某个邻居从里面向外张望了一会儿。

他们好像听到了什么。是尖叫声吗？不，街上空无一人，一定是猫在叫吧。

萨米落在家中书柜上的手机响了。诺亚跑下楼梯接了电话。那是波莉，妈妈的朋友。

"不，她不在。"他告诉那位阿姨，"妈妈说她得出去一下。"

诺亚打开门往外看，没看到妈妈的踪影。

萨米·霍兰德消失了。

2. 风暴

比尔的人生已经可谓天马行空了。百分之百,不开玩笑,完全不着边际了。

以前可不是这样的。但是,自从她在大学里找了份工作,一切就都变了。这份工作听起来十分简单,就是在食堂给人打薯条而已。

然后,她开始偷偷溜进课堂,听教授们在讲什么。其中一位很快成了她的最爱,但他不是什么教授。他是个博士,就叫"博士"。

没人知道他本该教什么。有些人说是物理,其他人却说是历史,但比尔并不在乎。博士讲的每节课的内容都不同,涵盖了世界上的一切。博士会讲授艺术、文学、玩偶和音乐。他也会谈及漫画、哲学、计算机、建筑、编织、工程等等,不胜枚举。他会让人觉得,没有什么事是无足轻重的。坐在课堂里听他讲课,你会不由自主地被他的口才和热情感染。对博士而言,娃娃形软糖和量子力学一样令人着迷。万物都有联系,一切都很重要。

忽然有一天,他坐在办公室的书桌后,跟她谈起了条件。实际上,那更像是最后通牒。

"你要是拿不到优,这就结束了……"她完全不知道他在说什么,但他还在不管不顾地继续说,"优,每次评分。否则我就立刻不做了。"

"不做什么?"她问。

然后,他说出了那句神奇的话:"你的私人导师。"

直到现在她仍然觉得难以置信。打薯条的比尔·波茨居然有了自己的私人导师,而且这位导师相当信任她,愿意与她分享全宇宙的秘密。

字面意义上的全宇宙。

因为她的导师其实是个外星人,他的书房里有一台时间机器——看起来像警亭的时间机器,里面比外面大。那是一台可以前往任何时刻的时间机器,只要它愿意。比尔在过去和未来间游历。她从杀手机器人那儿死里逃生,也尝过外星鱼的滋味。但这些都算不上疯狂。

真正疯狂的是,这一切让她感到那样自然,那样理所应当。

她就站在这儿,一个不可理喻的两千岁疯子的时间机器里,却觉得自己属于这儿,觉得自己只要在这儿,就是安全的。

当然,这是她在塔迪斯被风暴袭击前的想法。倒不是说它的外壳遭了殃,当然不是,那对博士来说太普通、太无聊了。不,这次风暴袭击的是塔迪斯的内部。

风暴出现得毫无征兆。博士正像往常一样在控制台边捣鼓。他又高又瘦，有一头浓密的银发和足以阻止超新星爆发的眉毛。他的着装风格从复古的朋克摇滚到西装笔挺的摩登派无所不包，但今天更偏向后者——他穿着一件干净利落的白衬衫，扣子一直扣到领口，外面是件简约的天鹅绒大衣。

他在飞船的控制面板上飞快地敲打，十指仿佛在跳舞。控制台似乎在与之和鸣，发出哔哔声。应该是他按特定顺序按下了按钮吧，一般人都是这么猜的。这里没什么特别奇怪的，除了他放在中心柱旁边的那盆盆栽。那倒是个新玩意儿，可能他想把这里装饰得漂亮一点，不过要是把那些蓝黄小花儿放在飞船顶架旁的阅读桌上，它们可能就不会这么摇摇欲坠了。

比尔正琢磨着，这里忽然起风了。刚开始几乎察觉不到，就像吹过敞开的门的微风。然后风变大了。博士起初甚至都没注意，直到那风在头顶呼啸起来，塔迪斯的墙壁发出海上轮船常有的嘎吱声响。

博士抬头看去，见一阵风正把许多文件卷下楼梯。地板在比尔脚下颤抖，然后像游乐场的过山车一样颠簸起来，把她甩到控制台上。她对面的博士则伸手去抓那盆盆栽。

在大风的呼啸中，她几乎听不到罐子在地板上摔碎的声音。

"你不打算问我吗？"博士挂在一根看上去特别脆弱的控制

杆上喊。

"问你什么？"她大声喊了回去。

"一般来说，塔迪斯遇袭时，人们都会问我发生了什么。"

"我们遇袭了？"

"你果然注意到了！"一本皮面大书从上层走道的架子上飞下来，差点砍下博士的脑袋，"我就知道你会的。"

厚重的书本在地板上弹了一下，又被卷进旋风里。

"想不注意也很难吧！"比尔话音未落，脸上就被什么东西扇了一下。她大叫一声才意识到，那是一本折了角的儿童读物。

"喂，那可是初版。"当她把书甩到地上时，博士抱怨道，"《阳光小美女和阴郁的斯卡拉森兽》。那插图我还帮了忙的。"

"博士！"

"什么？"

"袭击的事儿呢？"

"哦，对，这个啊，"他把注意力转回控制台上，"没什么好担心的。一切尽在掌握之中。"

"我可不想面对其他情况。嗷！"

"你又怎么了？"他问。他的大衣在身后随风翻腾。

"有东西打我。"比尔揉着手大声喊道，耳朵后面又挨了一下。

"什么样的东西？"

"硬的东西。"

一个小冰球从她面前的控制台上弹了下去。

"那是……那是冰雹吗？"她问道，然后抬起头，接着立刻就后悔了，因为风暴这时更猛烈了。弹珠大小的冰雹劈头盖脸地砸下来，打得地板噼里啪啦响个不停，也像无数小针头一样刺痛她的皮肤。

"这事儿可不该发生。"博士大声说道。控制台在这场异常气候的袭击下咝咝地冒出火花。

"我完全同意！"

下面传来一声巨响，一定是博士的宝贝吉他从架子上摔下去的声音。他心痛不已地看了楼梯下方一眼，然后加紧摆弄起控制台来。

"你有雨伞吗？"他一边擦去眼里的冰水，一边继续操作。

"我当然没有！"

"那下次带一把来。伞是有用的东西。我第一次化身苏格兰人的时候，总是随身带把伞。"

"你在胡言乱语，"手指已经冻僵的比尔对他说，"你害怕的时候总是胡言乱语。"

"我从没害怕过！"他厉声说道，招呼也不打就猛地拉起控制杆。整个空间使劲一甩，比尔立刻摔飞了。那倒不是因为她松开了控制台或者滑倒了,而是因为——她被抓住脚跟扯飞了。

被一只凭空出现的手抓住了。

一只有爪子的手。

她滑过房间,头重重地撞在塔迪斯的门上……风暴停了。

一切来得快去得也快。前一分钟,狂风肆虐不已,书本上下翻飞,冰雹铺天盖地;下一刻,一切恢复如常,除了博士在她身边忙忙慌慌。

"比尔?比尔,你能听到我说话吗?"

"能。当然能。"

他棱角分明的脸上布满皱纹,五官都写着担忧。他看着她问道:"我伸出了几个头?"

"你是说手指头吗?"

他站在那儿,向她伸过脑袋,"显然你从没见过我的教母[1]。"

比尔站起来,打量着惨不忍睹的控制室,"那些风什么的,是怎么回事?"

"哦,那个啊。"博士把先前的问题抛到一边,回到控制台,"我把它关了。"

"你把风暴关了……"

---

1. 第十一任博士曾提起过,他的教母有两个脑袋。

"那不是一场风暴，"他捡起地上的书，在台阶上尽量叠放整齐，"并不真的是。"

"我倒感觉挺真的。"比尔也帮忙收拾。这太奇怪了。书、地图、论文和一份据说是卢坎勋爵遗嘱的文件，都散落在地，但没有一张纸是湿的。她还以为地板上至少会有一层薄薄的冰雹，但它们都无影无踪，连个水洼都没留下。

"这的确出乎意料，"博士走到上层把掉下的黑板放回原来的架子上，"抱歉。"

"又不是你的错。"

博士避开比尔看向他的目光，跳回控制台。

"这是你的错吗？"

"不完全是。"他说着挪到控制台的另一边，躲开比尔，"好吧，也许有一小部分是我的错。我本来在做一些测试。"

她绕过控制台走到他面前，"什么样的测试？"

"心灵感应模块，"博士说着，瞟了眼旁边面板上那排黏糊糊的胶状物。

"塔迪斯有心灵感应？"

"每样东西多少都有点心灵感应，除了松鼠。谁也不知道为什么。松鼠就很特殊。"

"你在测试什么？"

博士瞥了一眼盆栽植物的残片。比尔张大嘴，"你在测试一盆花？"

"这可不是随便什么花。"博士把那株植物捧起来，想找个地方放，"这是一株报春花。真是奇妙的植物啊，报春花。到了 54 世纪后期，它们会发展成一个由杰出哲学家和演说家组成的种族。那些思想在星系里可谓前所未有。"他毫不客气地把那些土、花瓣和弯折的茎塞到比尔手里，"给，拿好。"

泥土从她的指缝间滑落。

博士回到控制台，"我想探测一下那家伙在想什么。顺便一说，他的名字叫奈杰尔。"

比尔呆呆地望着残破的花，"名叫奈杰尔的报春花……"

"或者马丁，"博士仔细看着屏幕，"也可以叫乔治。总之，不管他叫什么，似乎满脑子想的都是关于格林斯比城足球俱乐部的事情。"

她疑惑地扬起半边眉毛，"不会吧？"

博士猛地点点头，"当然！你看他们最后那场比赛了吗？哪个脑子正常的人会在对巴尼特的比赛中采用 3-5-2 阵型？"

"博士！"

他指了指楼梯上堆着的书，"把他放到那边去就行了。"

比尔照办时几乎要向这花道歉了，"所以，这些测试……"

"比我预计的要棘手一些，我必须卸下塔迪斯的灵能防御网……"

"于是就把我们暴露在外,所以遇袭了。"

博士赞许地对她咧嘴一笑,"你真是一点就通。"

他把显示屏拉过来给她看,仿佛她真的可能看懂屏幕上那些旋转的圆圈是什么意思似的。

"不行,不好意思。"她承认道,"我还是需要零基础指南。袭击是从哪儿来的?"

他竖起一根修长的手指,"先记好这个问题。"

"为什么?你去哪儿?"她这么问道。而他已经消失在楼梯下方。

"等一下下就好!"

"可是,你不明白。"她边说边擦掉手掌上的泥,走到楼梯口,"那不只是一场风暴。有什么东西抓住了我。"

"抓住了你?"他重复一遍,跑回她身边,手里拿着他的黑白电吉他。

"是爪子之类的东西。它把我拖过地面了。"

"有意思。"他匆匆检查了一下吉他的涂装,把它递给比尔,"照顾好它。"

比尔用极度怀疑的眼神看着回到控制台前俯身忙活的博士,"为什么?你想干啥?"

"我想——这样!"博士大声宣布,重重地捶了下按钮。

一瞬之间,一切都回来了。冰雹,狂风,低空飞行的书。

"你是认真的吗？"她被凭空出现的风吹得左摇右晃，"这就是你的计划？"

"我觉得这能行。"博士回答，"我打开防御，就阻止了风暴。"

"这么说，你又把防御关了？"

雷声响彻穹顶。博士抬头仰望，似乎在这恐怖的时刻玩得开心极了，"不知道这次会不会有闪电？"

行吧，她再也不会有"在塔迪斯里能感到安全"的错觉了。

"你只管保护好吉他！"博士指示她，自己又去操作控制装置了。

"管啥吉他！我怎么办？"

"就那么一点儿冰雹，伤不了人的。"博士坚持道，缩了缩脖子，"我只需要锁定那个向我们伸手打招呼的家伙，无论那是谁。"

"伸手打招呼？你管这叫打招呼？"

比尔的声音消散在风中。一阵新来的狂风把她往后推，又掀到空中。她撞到了栏杆上，手里还紧紧抱着博士的宝贝吉他。这简直是在搞笑。她咬紧牙关与狂风搏斗，大步踏回控制台。与此同时，博士发出了一声欢呼。

"对！你干得真棒！"

比尔把吉他放到控制台上，在狂暴的风雨中对这句赞赏报以微笑,"不用客气。"

博士的脸上闪过一丝困惑,"我刚才是在跟塔迪斯说话!"

他用力拉下控制杆,时间机器随着引擎的轰鸣声震动起来。"她找到线索了!"

3. 呼救声

"没有,还是连影子都没见着,亲爱的。孩子们都快疯了。"

电话一响,希拉里就拿起了听筒。那头传出来的并不是女儿的声音,她肩膀一沉。

这已经成为近几天的常态了。

"好,我会的,亲爱的。但我很好,真的。一切都还能应付。"

哪怕打来的是哈肯索尔警察局的斯科菲尔德警官也好啊,但她从来没有打来过。来电话的一般是些好心人,或者那些就是爱管闲事的家伙,比如现在这位格雷西·诺克斯。

"谢谢你打来,亲爱的格雷西。那么再见了。再见。"

希拉里把嘟嘟响的听筒放回托架,抬头看了眼走廊上的时钟,忍住泪水。她不能再哭了,从星期四起到现在,她的眼泪都要流干了。那晚她走出皇宫剧院,发现手机上有十七个未接来电。语音信箱里,可怜的玛茜听上去吓坏了:"外婆?妈妈出去了,一直没回来。您能给我们打个电话吗?"

玛茜一直想表现得像个大人,但萨米的失踪让希拉里意识到,她的外孙女还是个小孩子。

希拉里慢吞吞地走进厨房，盯着水壶。萨米总是一进厨房就烧水，希拉里不知因此责备过她多少次。"这只是一种习惯，亲爱的。你几乎没泡过一杯茶。想想你这样做会浪费多少电吧。"

萨米的爸爸以前也是这样。不管有没有人想喝上一杯，都不停地烧水。

希拉里现在对费不费电毫不在乎。她只想要她的萨米回来。

她拉开厨房的百叶窗，想看看黑黢黢的街道上有没有什么动静。地方议会把路灯都换成了新的LED灯，亮度不及旧灯的一半。如果有人能问问希拉里的看法，她会说这里太昏暗了。当地议员上次在社区中心接待选民时，希拉里原原本本地跟他说了自己的看法——如果连街道安全都不能保证，谈什么拯救地球？

她冒出一个念头。也许他们尊敬的阁下[1]这次能帮上点忙，她明早要做的第一件事就是给他打电话。明天就是萨米失踪的第三天了。警察会把这个案子交给失踪人口组，至少斯科菲尔德警官是这么说的。

"您的女儿马上就会回家的，沃什太太。我敢肯定。"

她怎么能肯定呢？就算穿着制服，她也只是个稚气未脱的小姑娘而已。

---

[1]. 在正式场合称呼英国议员可用"尊敬的某某阁下"。

老话说得好：当警察们都看起来年轻时，你就应该知道，自己已经老了。对希拉里来说，很久以前，警察们就已经看起来很年轻了。

她摘下眼镜，揉揉眼睛，把眼镜放在烧水壶边，又去拨百叶窗。就在这时，她看到什么东西在街道尽头移动。希拉里抓起眼镜冲到前门，猛地把门打开。

"萨米？"

没那种好事。只是七号住户养的那只斑猫——这肮脏的小东西在灌木丛里排便。

希拉里倚在门框上啜泣起来。她不在乎邻居是否会看到，这次真的不在乎了。

"亲爱的萨米，你在哪儿？"她对着黑夜发问，"回家吧，好吗？求你了。"

楼上的诺亚在床上辗转反侧。他睡不着觉，但也不想下楼。外婆只会毫不迟疑地把他送回床上。

妈妈就不会。妈妈会跟他一起窝在沙发上看肥皂剧。当然也不会看太久，看到他犯困就好。但是妈妈不在这儿。

他又翻了下身，面对墙壁，泪水浸湿了他的枕头。这太不公平了。妈妈为什么就这么走了？她跑进黑夜里，甚至都没带手机。

他敢肯定这是因为自己干的事，是因为他和弗兰基偷偷溜出学校。

"别傻了,亲爱的诺亚。"虽然外婆这么说,但他知道这全是自己的错。玛茜也这么想,他可以从她责备的眼神中看出来。

"小花生?"

这声音吓了他一跳。他又翻了个身,把被子卷成一团裹住自己。他看不到谁在叫他,但那声音他绝对不会认错。

"妈妈?"

"小花生,我需要你。我被困住了。"

"妈妈!"

诺亚把挡住脸的被子拨开。她就在那儿,站在窗边,穿着离家时那身莫西亚银行制服。那本是漂亮的衬衫和裙子,但即使在夜灯的微光下,他也能看出那身衣服是脏的。衬衫上全是泥,仿佛她在外面打过橄榄球;她的裙子也破了,皱巴巴地盖在结痂的膝盖上。她的头发乱蓬蓬的,鬈发上还沾着树叶,诺亚本来很喜欢把她的头发绕在自己的手指上玩儿。她的脸上布满泪痕,泪水顺着脏兮兮的脸颊滚落下来。

"诺亚,拜托……我出不去。"

诺亚踢开被子大喊姐姐,这时,另一个身影出现在妈妈的背后。他很高,高得离谱,头发又长又直。在睁眼之前,他的脸……完全是一片空白。一秒钟前还不存在的那双眼睛,睁开后射出的光却照亮了整个房间。

诺亚动弹不得,但不是因为被子裹住了他。他的胳膊和腿都忽然动不了了,他只能眼睁睁地看着闪灵人用细长的手臂搂住妈妈,把她拖进地板上一个裂开的洞里。萨米尖叫着伸出胳膊,拼命地伸向诺亚,喊着他的名字。

"小花生,拜托!你一定要找到我们!带我们离开这儿!"

然后他们就消失了。妈妈,闪灵人,以及地板上的洞。

诺亚终于能发出声音了,他从床上摔到地板上,大哭起来。

"诺亚?"

卧室的门猛地打开,玛茜冲了进来。她跑到他身边,把他抱在怀里,一时忘记了自己始终以和诺亚作对为己任。

诺亚也抱住她,搂得紧紧的,"是妈妈。玛茜,她刚才就在这里。还有闪灵人。"

"嘘。"她抚摸着他打结的头发说,"你只是做了个噩梦。"

这时,外婆出现在门口,"你们在吵吵闹闹地干什么?"

"诺亚做了个噩梦,"玛茜告诉她,"只是个噩梦。"

诺亚一把推开姐姐。她为什么老要这么说?"那不是梦!她就在这儿,在窗边!一个闪灵人抓住她,把她拖进了地板里!"

玛茜看向他指的地方,但外婆什么也听不进去。

"行了别说了,"外婆把揉成一团的被子抚平,"关于闪灵人的事,我一句都不想再听了。"

"可是……"

她生气地看着诺亚。"没什么可是，要不是你往你妈妈的脑子里塞满了这些关于闪灵人的胡言乱语……"她说到一半停下了，但已经太迟了。

"她就绝对不会出去！"诺亚大吼起来，眼里噙满刚涌出的泪水。

外婆倚在床边，脸色更阴郁了，"我不是那个意思……"

客厅里的电话铃响了。希拉里起身要去接电话，又停下了。她想跟外孙和好，又急着下楼，一时进退两难。

"我来给他盖好被子，外婆。"玛茜说，"别担心。"

"谢谢你，亲爱的。"希拉里抱歉地看了诺亚一眼，然后消失在门外。

当她匆忙下楼时，两个孩子都竖起耳朵听着。楼梯的嘎吱声，听筒被拿起时的咔嗒声，然后是哔的一声，接着是一句急切的"喂？"。

随后是一阵沉默和一声失望的叹息，"哦，你好，芭芭拉。没，依然没消息。"

玛茜起身去关上诺亚的房门。

诺亚抱着膝盖坐在地板上，直了直身体，"我知道她在怪我。"

"她没有。"玛茜依然趴在门上听着。

"而且你也一直说那都是我想象出来的。但这真的不是幻想，也不是噩梦，都不是。妈妈刚才就在这里！"

"在窗边。"玛茜说。

诺亚用睡衣袖子擦了擦鼻子,"她说她需要我,说她被困住了。"

玛茜轻按了一下电灯开关,大灯亮了。两人都转向窗户,微风吹得窗帘轻轻拂动。双层玻璃窗上有一道裂缝。妈妈总说她会把那儿修好。

玛茜轻手轻脚地走到诺亚的书桌旁。诺亚也慢吞吞地挪到她盯着的地方。

上次给诺亚装修房间时,妈妈铺了一条浅棕色的新地毯。外婆说妈妈脑子有问题。"在男孩房间里用那种颜色?用不了多久就脏了。"

现在,诺亚和玛茜都很庆幸妈妈没有听外婆的话。

漏风窗户下方的地毯上有一个泥脚印,那不是诺亚的,因为它太大了。

那是一个女人的脚印。是妈妈的脚印。

旁边还有别的东西。一片褐色的叶子,很脆,老得叶缘卷曲。

"刚才妈妈的头发上就有树叶。"诺亚告诉玛茜,后者正弯下腰小心地拨弄着那片树叶,似乎担心它会着火。

"这是什么树的叶子?"玛茜跪在诺亚旁边问道。

"我不知道。可能是橡树?"诺亚在三年级时做过一幅很大的树叶拼贴画,还分别给每种树叶做了标签,"但你知道这说明什么，对吧？"

"妈妈真的来过，"玛茜盯着脚印说，"这不是梦。"

诺亚又吸起了鼻子。玛茜想也没想走到桌前，从盒子里抽出一张纸巾递给他。他大声地擤鼻涕。

"那么我们该怎么做呢？"他把揉皱的纸巾扔向桌下那个《星球大战》主题的垃圾桶，但纸巾落到了地板上。

玛茜的声音在发抖，虽然诺亚知道她努力想让自己听起来勇敢些，"我们等外婆睡着，然后去树林里。"

诺亚瞪大了眼睛，"大晚上去树林？"

玛茜耸耸肩，"要找橡树还能去哪儿呢？如果妈妈就在那里……"

诺亚想爬回床上用被子蒙住脑袋，假装这一切从没发生。但关于妈妈和那个闪灵人的记忆太鲜活，也太让他痛苦了。

"小花生，救救我。我被困住了，你一定要找到我，带我出去。"

诺亚起身打开抽屉，拿出玩具手电筒，那是上次露营时妈妈给他的。其中一个形状像光剑，另一个的把手上有飞翔的超人。

他把有超人的那个给了姐姐。超人不会害怕的，超人会救妈妈的。

"你说得对。"他检查了一下光剑手电筒的电池，对玛茜说，"我们去找她吧。"

4. 树林探险

玛茜和诺亚从小就在"博戈惊吓林"里玩儿。最早是和爸爸一起,那时他还住在家里,后来是和妈妈一起。他们蒙着眼睛都能找到那地方。只要走到他们住的那条街的尽头,经过臭虫巷,翻过布朗尼山,再穿过玛茜每周日上午踢足球的运动场就到了。好找得很。

他们一年四季都会到这儿来。春天,地上遍布随风摇曳的风铃草;秋天,落叶会掩住他们穿行的小径;冬天,树上的叶子全没了,光秃秃的树枝伸展开来,仿佛女巫的手指。

直到去年夏天,妈妈才允许他们自己去树林玩儿。当然,就算这样也有严格的规则。他们在过马路时必须小心,还要远离树林里那条蜿蜒的小溪。

最重要的是,他们绝不能在天黑之后冒险去树林。

现在天已经黑了。伸手不见五指。

玛茜打开前门时,诺亚差点打了退堂鼓。他坚信外婆会听到他们的动静。毕竟,她就睡在客厅的沙发床上。然而,哪怕玛茜不小心把钥匙掉在了地上,她仍鼾声如雷。

咔嗒一声,门在他们身后关上,现在他俩不能回去了。

"我们会惹上大麻烦的。"诺亚低声说。他们只是直接在连体睡衣外面套了外套,匆忙穿了雨靴,就沿着马路踏上了征途。

"如果我们找到妈妈,和她一起回家,就不会有麻烦。"玛茜告诉他。

午夜的世界看起来颇为诡异。路上几乎没有车,路灯也为了节能而自动熄灭。诺亚想打开手电筒,但玛茜阻止了他,"等我们离这片房子远一点再开,你也知道邻居们多么爱管闲事。"

"你说这话的语气真像外婆。再说,他们现在还没睡着吗?"

"我们没必要冒险。"

果然,十五号房的窗帘就没拉上,起居室里亮着一盏灯。空荡荡的房间里,宽屏电视还开着。

"他们一定是去上厕所了。"玛茜抓住诺亚的手,"来吧。"

他们一路左顾右盼,穿过了布朗尼山,朝运动场的大门走去。

大门晃得铰链吱呀响。旁边是一块大型独栋别墅的施工场地。这座房子现在基本是具空壳,只有墙壁和屋顶,门窗的位置开好了洞,上面覆盖的厚塑料布在风中翻腾。

孩子们打开手电筒,往树林的方向小跑,微弱的光束穿过运动场,通向他们不应踏足之处。也许电池撑不了他想的那么久。也许他们应该回去。

诺亚感到有水溅在脸上。"要下雨了。"他哼哼着。

"那就戴上兜帽。"玛茜说,好像诺亚会听她的话似的。无论她觉得自己有多大,她也不是大人。但是,当乌云在高空汇拢,诺亚别无选择。下雨了,他们戴上兜帽钻进了树林。

"树底下就淋不到雨了。"玛茜保证。

但事实并非如此。毕竟树叶大都掉了,不足以为他们遮雨。

"哪些是橡树?"诺亚来回晃动手电筒。他们已经看不到运动场了。那些树似乎趁他们不注意时偷偷聚集在身后,拦住了回家的路。

"我怎么会知道?"玛茜说,"你才是专家。"

诺亚抬起头,把他的光剑手电筒顺着树枝照过去。那些树多半光秃秃的,没什么叶子。

"那是一棵桦树!"诺亚兴奋地喊道。他发现了一片还挂在小树枝上的尖头叶子。

"我就说你能行的吧!你可以上《秋日观察》[1]了!"她模仿起电视上那家伙——克里斯什么什么——的声音,"看看这些叶子,米开拉,认真看看。"妈妈总是假装不喜欢他。

诺亚哈哈大笑,身后却忽然传来树枝断裂的声音。他止住笑声,转身用光剑手电筒照向他们刚走过的地方,"那是什么?"

---

1. 英国BBC的一档电视节目,追踪大自然在秋天的变化。

玛茜没有回答,她专心地听着。树林里什么动静也没有,只有无情的雨点敲打地面的声音。

"玛……茜……"诺亚呜咽着靠近她。

"没事的,"她飞快地回了一句,"只是个小动物。"

"什么动物?"

"獾,或者狐狸?"

诺亚立刻受不了了。一只狐狸尖叫着逼近的画面让他怕极了,"我想回家!"他要求道。

玛茜用超人手电筒照向他的脸,"不行!我们要找到妈妈才能回去!"

他眯起眼睛躲开亮光,"如果那真的是一场梦呢?"

"会留下脚印的梦吗?"

诺亚无言以对。

玛茜捏了捏他的胳膊,"她需要我们,诺亚。我们必须继续前进。"她把手电筒照向地面,照亮了脚下的一层腐叶,"有看起来像橡树叶子的吗?"

诺亚擦了擦眼泪,暗暗希望玛茜以为他只是在擦雨水,"我,我觉得不像。"

"那么,小溪边的那棵老树呢?就是那棵有绳子的树。"

"妈妈说过不许我们去溪边。"

"她说的是我们不应该去小溪里。那是不一样的。"

反正她也不是第一次违规了。之前学校放假时,玛茜发现了一个临时挂在大树上的秋千。诺亚太矮了,连绳子都够不着,但她试着在冒着气泡的水面上方荡了几下,然后扑通一声掉进了小溪里。

通往小溪的路就算在大白天也很难走。他们必须滑下一个陡坡,还要小心最后别一屁股坐进小溪里。诺亚告诉玛茜,他觉得自己没法在半夜走到小溪边。

"那你就回去吧。"玛茜不耐烦地厉声说,"但是,只要有一丝能在那里找到妈妈的希望,我就要去找她。"

她转过身,故意昂首阔步地走进树林,超人手电筒的光柱在粗壮的树干间晃动。

诺亚回头瞥了一眼,想看看自己能否找到回家的路。即使他能,他也从许多《捉鬼敢死队》的动画片里学到——史酷比小队分头行动时,就会发生坏事。

"玛茜,等等我!"他大喊着冲向姐姐。

没过多久他就赶上了她。他们默默跋涉,直到玛茜毫无预兆地停下。她站在那里,喘着粗气。

"怎么了?"诺亚问。

"你没听见吗?"

诺亚环顾四周,凝视着黑暗,"听到什么?"

"有东西在动。很大的东西。"

诺亚的下嘴唇颤抖起来,"你说过那是一只狐狸。"

玛茜伸出戴着手套的手,握住弟弟,"也许是头鹿?"

他们前方,两束光出现在树林之间。

"也许不是。"

诺亚退了一步,拉紧姐姐的手,"是他们。是闪灵人。"

玛茜一动不动,就像在原地生了根。

"玛茜!"

那两束光熄灭了。玛茜举起手电筒,什么也没看到。

诺亚捏了捏她的手指,"玛茜,我不喜欢这样。"

"我也不喜欢。"她承认道。光又出现在他们左边。

孩子们转身面对那两束光。现在,光离他俩更近了。玛茜拉着诺亚往后退,光再次消失。"快跑!"她喊道。他们转过身,却又匆匆停下。

那两束炫目的光就在他们前面,还朝他俩冲过来。令人毛骨悚然的叫声在树林中回响。

这次诺亚不需要玛茜提醒他逃跑了,两个孩子直接转身奔向树林深处。他们不知道该往哪儿跑,只知道自己必须跑。闪灵人就在身后,他们能听到对方的脚踩过潮湿的树叶,压断的树枝也噼啪作响。他们的影子渐渐拉长,那是被闪灵人眼睛的光照亮了。玛茜跑在前面,诺亚在后面喊她。

然后,什么东西抓住了他的衣服。他摔倒了,拼命尖叫起来。

5. 拉开此门

夏洛特·萨德勒为自己带了防水手机套而深感庆幸。瓢泼大雨里,树被风吹得嘎吱响,仿佛不祥之兆。她湿透了,还冷得不行,但是却高兴得要命。

这种氛围真是太棒了,她的计划简直完美。她找到原定地点,拿出手机摆在面前,调整自拍杆,保证自己正框在镜头里。确认夜视滤镜开启后,她清了清嗓子,开始录像。

"欢迎来到博戈惊吓林。"夏洛特用一种非常戏剧化的低吟开口了。她的黑色短夹克上别着一只小麦克风,"这可真是一个漆黑的暴风雨之夜。正常人是不会在这种情况下来这儿的。但是,我说,你正在看的可是'英国密姐',你还想看到什么呢?"

作为开场白,这有点老套。但她决定先这么用着,后期剪片子时总还能加些新东西进去。夏洛特一直盯着镜头,试探性地向前挪了一步,走在她事先勘查过的那条路上。

"这将是我有史以来最好的视频,我保证。我现在正在闪灵人的国度。是的,你们已经看到那些视频和照片了,它们来自英国各地……世界各地……但没有任何地方的目击事件比得上这里——曼彻斯特附近的哈肯索尔。这里就是爆破原点，朋友们，这里是一切开始的地方。"

她脚下一滑，差点摔跤。这会让视频效果更好的，它增加了紧张感。她抓住一根树枝，以免倒下去。

"抱歉。如你们所见，脚下有点滑。"她向镜头展示了地上的湿树叶，"还有，在你们发问之前，我要声明，我说的可不是那些玩角色扮演的怪胎，而是货真价实、如假包换的闪灵人，在黑暗中若隐若现的那种。"

这好像太装腔作势了些，但粉丝们喜欢她表现出一点老式恐怖电影的调调，至少那些比较宅的都喜欢。

镜头回到她的脸上，她理了理自己标志性的小圆帽，调整一下头灯，擦擦眼前的雨水，继续向前走。

"我要带你们进入树林中心。"她佯装听到动静，小心翼翼地扭头看了看，又对镜头露出最能表现紧张感的微笑，"我得承认，我不喜欢这里。即使天晴的时候，这里也是阴森森的。你看看现在这天，绝对不是什么良辰吉日。但也没关系，我知道你们精神上与我同在。咱们走吧。"

夏洛特点了点屏幕，切换为后置摄像头，拍摄前方的路。她轻声向观众们介绍了"闪灵人"现象的近况，还推荐了自己的其他视频给想了解更多的人。她会在后期编辑时添加链接的。

过了一会儿,她没什么可说的了,镜头还记录着她的进展。这些素材多数都会被剪掉,但为了不错过什么,她得让摄像机一直开着。如果真要发生点什么,她希望越快越好。虽然这肯定会成为一个超赞的视频,但是她的夹克已经被雨淋得湿透了。她都不记得自己上次觉得这么冷是什么时候了。

夏洛特忽然停住。"那是什么?"她对着镜头问,又用手机环拍了一圈。

刚才,前面出现了奇怪的电动声:一开始并不大,但很快混合了呼哧呼哧的刺耳轰鸣,还越来越响。她从没听过这样的声音。

她撒腿就跑,冲向那声音。那里还有一盏灯,脉冲似的灯光随着巨响的节奏闪烁,忽明,忽暗,忽明,忽暗,在树林中投下斑驳的阴影。一阵惊雷般的撞击声后,灯光音响秀戛然而止。此时,夏洛特滑进了一小片空地。

树林里又静了下来,只有雨敲打在大盒子上的噼啪声。下午她来哈肯索尔寻找最佳拍摄地点时,绝对没见过这个大盒子。

大盒子约有电话亭那么高,是木头做的,漆成深蓝色。与视线水平的地方有几扇窗户,白色的光从里面透出来。夏洛特往里窥视一番,但隔着毛玻璃什么也看不见。

她退后一步,又绕着盒子转了一圈,用手机上下扫过,让摄像头拍到窗户下方的板子。"我说,朋友们,这太奇怪了。"她低声说,"我不知道这个盒子是从哪儿来的,甚至不知道它是什么。但是,今天早些时候,它肯定不在这儿。"她举起相机,辨认着黑底上的白字,"'警用公共电话亭',这是什么意思,是某种机动总部吗?看起来空间有点小。"

她伸手去摸,指尖刚碰到木头就缩了回去,"这玩意儿在振动……就像有电流通过一样。什么样的木头可以导电呢?"她看到了带把手的门,"好吧,"她鼓起勇气,"只有一个办法能知道里面有什么……"她猛拉门把手,但是门纹丝不动。

"锁住了。"她对着镜头说,"但这里还有个小点儿的把手。"她为观众读出白板上印的字,"拉开;警用电话;公众免费使用。嗯,我也是公众,所以……"

她拉开盖板,里面是个小柜子,放着一部老式电话。

"喂,"盒子里传来一个声音,把夏洛特吓了一跳。门被猛地从里面拉开。"别动那个!"

说话者是个五十多岁的男人,满脸皱纹,一头银发,还有一双目光坚定的蓝眼睛。

"你是谁?"夏洛特问。

"我还想问你呢。"他的目光落在她连着支架的手机上,"你在拍我吗?你在录像,是不是?"

他把手伸进夹克口袋,这时另一个声音在他身后响起——那是个年轻女孩子的声音,带点伦敦腔:"博士,谁在那儿?"

"你是博士?"夏洛特问,"什么方面的博士?"

正在气头上的男人对这个问题不屑一顾，"我是无视蠢问题的博士。你快滚开，尔等，退散。"

一个女孩在他身后出现，动作亲热地把博士推到一边。她皮肤黝黑，有精心修剪过的眉毛和爆炸头。

"你听见自己怎么说话的了吗？'尔等'？你搞笑吧？"她笑了。那是个甜美可爱的微笑。她从盒子里走出来，竖起亮银色外套的衣领，"在这个时候，这还真算个好天气。"

"哦，那么现在到底是什么时候呢，自作聪明的家伙？"博士发问了，看上去还在因为刚才被推开而耿耿于怀。

女孩仰望天空，"9月？"

"10月。"夏洛特纠正她。

她又回了夏洛特一个微笑。"谢谢。顺便介绍一下，我是比尔。还有，你已经见过博士了。"她俯身对夏洛特耳语，"别担心，他并不总是这么粗鲁的。"

"我是。我就是！"博士斥道，关上了身后的门。

"我是'英国密姐'。"夏洛特对比尔说，博士则一脸困惑。

"这是什么鬼名字？"

"'博士'又是什么鬼名字？"

"那可是一个好名字。最好的名字。"

比尔咧嘴一笑，"别告诉奈杰尔。"她朝夏洛特的手机比画了一下，"你是干什么的？某个视频博客的博主？"

现在轮到夏洛特咧嘴一笑了，"我有一万两千粉，人数还在增多呢。"

"哇！"比尔看上去真的很佩服，"你是做哪方面的？游戏之类的？"

"游戏？"博士问，"在树林里？"

夏洛特不理他，"不，我对游戏一窍不通。我追踪怪物。"

"这真巧，"比尔指着博士说，"他也是！"

夏洛特把手机转向那个男人，"你也是个视频博主？"这倒可以解释对方的奇怪名字了。

"当然不是。"他朝树丛里看了看，"那听起来太烂了。"

"你知道那是什么意思吗？"比尔问。

"我可没那么老。"他厉声说，"不就是在各种视频网站上发视频的人嘛。"他在夹克口袋里翻找，然后掏出一个蓝银相间的小装置。当他在空中扫描时，那小东西发出呜呜的响声，顶端还闪烁着绿光。

"那是什么？"夏洛特问。

"不关你的事。你追踪什么样的怪物？"

"真正的怪物。大脚怪，尼斯湖水怪，之类。"

"哪一只？"

"你什么意思？"

"你追踪哪只尼斯湖水怪？"

"这东西不止一只?"

"我想是的。因为是我把它们放在那儿的。"

"什么?"

他转过身来盯着她,"这么说,你是一个神秘动物学家,所以才有这个傻名字。"

"这名字才不傻。"

"神秘什么学?"比尔问。

"就是追踪神话或传说中的生物的人。"博士解释道,"传统科学所不齿或无视的那些生物。尽管我认识的大多数动物学家都称它们为'神奇动物',而不是'怪物'。"

夏洛特耸耸肩,"叫'怪物'更有流量。"

"问题是,"他朝她走近一步,接着说,"你今晚要找的是什么怪物?"

被博士死死盯着的时候,夏洛特非常想跑开躲起来,也不管视频拍没拍好了。

"还有其他问题。"比尔插入对话,"比如,我们这是在哪儿?"

"你来告诉我吧。"他说,仿佛这问题是个小测验。

比尔环顾四周,"嗯,我想我们是在地球上,从她手机的款式来看……"

"这是草场Ⅲ代。"夏洛特急切地说。

045

"很好。这一款准备在 8 月份上市,所以这个时间点跟我们离开时相差不远。现在还是 2017 年吗?"

夏洛特皱起眉头,"当然。"

比尔满意地说,"所以答案来了——2017 年 10 月。"

博士赞赏地点了点头,"不错。至于我们在哪儿……"

"曼彻斯特。"夏洛特抢答。

博士对她皱了皱眉,"曼彻斯特是个大地方。再具体点儿,细节决定成败。"

"哈肯索尔,在郊区。靠近大卖场的商业街。"

博士给了她一个紧绷的微笑,"看到了吧?这也不难,对不对?"

"真酷,"比尔说着抱紧胳膊保暖,"我还从没到过曼彻斯特呢。"

博士摇了摇头,把那个嗡嗡响的怪玩意儿塞回口袋,"事情一向如此。我带他们去看宇宙星辰,他们却因为区区曼彻斯特而无比兴奋。"

"曼彻斯特有什么不好?"比尔问道。这时,一声尖叫划过树林。

博士已经朝叫声传来的方向奔去,"我建议咱们去找出来。快来!"

6. 眼角余光

　　夏洛特怀疑博士最后那句话只是给比尔说的，但她还是跟上了他们。

　　前面有人在哭，听起来是个孩子。

　　博士消失在河岸边。比尔毫不犹豫地跟着他下了陡坡。他俩到底是什么人？

　　夏洛特开始下坡，刚落脚就滑倒了。她滚下小丘，撞在坡底，一边呻吟一边四处摸索手机。自拍杆在翻滚中从她手里滑掉了，它去哪儿了呢？

　　"给。"比尔从一堆树叶中捡起她的手机递了过去。

　　"谢谢。"她检查了一下屏幕。没有裂。谢天谢地。

　　"你受伤了吗？"比尔扶着她站起来。

　　尽管大雨让人快要冻僵，夏洛特还是觉得自己的脸在发烫。"我没事。"她撒了个谎，刚才那一串不太优雅的跌跌撞撞把她的胳膊肘撞得生疼。

　　"不好意思，你俩在磨蹭什么呢？"博士在小溪边喊道。他蹲在一个七八岁的小男孩面前，后者正握着脚踝抽泣。那儿还有个比他大两三岁的女孩，她奋不顾身地挡在博士和小男孩中间。

"别招他。"她凶巴巴地说。

博士举起双手，"我明白了。不要和陌生人说话。我也想这么做，但他显然受伤了，而我是个医生[1]。问问我的朋友们就知道了。"

夏洛特很惊讶，他所说的"朋友们"显然也包括了自己。

"别怕。"比尔告诉小女孩，"我们是来帮忙的。你叫什么名字？"

"玛茜。"她回答，仍然瞪着他们，"但我们没事，真的。我只是想带他回家。"

明眼人都看得出，小男孩的状态可不像没事。"他们在追我们。"他啜泣着，抽抽搭搭地说，"我从斜坡上摔了下来。"

博士又拿出那个荧光棒似的玩意儿，在男孩的脚上挥舞。"没有骨折，"他得出了结论，"甚至没有扭伤，不过那不重要，对吧？因为你很疼。"

小男孩点了点头，"真的很疼。"

博士把一块印满问号的手帕递给男孩。

"别拿。"小姑娘说。

---

1. "Doctor"一词既可以指"博士"，也可以指"医生"。

博士把头转向玛茜,"这个小家伙以为她多大了?27岁?45岁?"

小男孩吸了吸鼻子,笑着说:"103岁。"

"喂!"玛茜抱怨道。

"姐姐是最麻烦的。"博士也冲小伙子咧嘴一笑,"也许我应该禁止她们。毕竟,我是这个世界的总统。"

男孩笑了,"这话太傻了。"

博士朝他露出傻笑,"'傻乎乎'是我的中名,你的是什么?"

"我的中名吗?"

"如果你愿意告诉我的话。或者你也可以先说你的名字?"

"诺亚,"小男孩回答,"诺亚·霍兰德。"

"很高兴见到你,诺亚·霍兰德。"博士抬头看向小姑娘,"还有姐姐玛茜。你不信任我,对吧?"

她摇了摇头。

"没关系,完全没关系。但是你可以信任比尔,就是头发特别浓密的那个。比尔很好,至少比我好。她有问题要问你,对不对,比尔?"

比尔在诺亚身边蹲下,点了点头,"什么东西在追你们?"

这让夏洛特很惊讶。比尔没有问这两个孩子为什么半夜三更在树林深处,也没有问他们是从哪里来的。她毫不迟疑地相信了诺亚的话，博士也是。这两个人很默契，就像一个团队，夏洛特感到一阵嫉妒涌上心头。

诺亚直视着比尔的眼睛回答："闪灵人。"

刚发现孩子们时，夏洛特把智能手机收了起来。现在她却又把它支起来，对准了诺亚，"你说什么？"

博士起身，把她的手机一掌拍开，"拿它拍别的东西去。你这人什么毛病啊？"

"不，你不明白。"她辩解道，"这就是我来的原因！闪灵人！"

"他们是谁？"比尔问。

夏洛特哼了一声，"难道你不知道？"

"所以她才会问你啊。"博士指出。

夏洛特简直不敢相信，"但是……每个人都知道他们。"

"跟你说话太无趣了。"博士转过身去背对着她，"我要跟真正了解情况的人说话。"他在孩子们身边蹲了下来，"诺亚，玛茜……什么是闪灵人？"

诺亚耸耸肩，"我也不知道，他们就像幽灵之类的东西。"

"幽灵？"

"就是那些出现在街角、用灯当眼睛的人。"

"我本来以为他们不是真的。"玛茜说，"妈妈是那么跟我说的。"

博士点了点头，"成年人的确经常说蠢话。"

玛茜脸色一青，"然后有一个把她带走了。"

比尔加入博士，问："一个闪灵人把你们的妈妈带走了？"

玛茜点点头，"我们是这么想的。她说她在街上看到了一个闪灵人，然后就再也没回家。"

"她已经失踪好几天了。"诺亚补充道。

"然后诺亚做了一个不是梦的梦。"

"这种是最糟的。"博士说，"发生了什么，诺亚？"

诺亚竹筒倒豆子般一口气说道："她身上都是树叶，要我帮忙，所以我们来这里找她。树上有灯光，他们在树林里追我们，然后……"

"然后你崴了脚。"博士帮小男孩平复着情绪。他拨弄着孩子的头发，从后者的鬈发上摘下一颗看上去是橡子的东西，"人类的典型做派，不顾危险帮助别人。难怪你们是我最喜欢的物种。"

"他这话是什么意思？"夏洛特问。比尔没有回答，转而把自己的问题抛给她，"那他们到底是什么？那些闪灵人。"

夏洛特耸耸肩，"我来就是为了弄明白这个。这里是一切开始的地方。"

"树林里？"比尔问，然后望向夏洛特的身后，"那是什么？"

051

夏洛特转过身，那里什么也没有。"什么是什么？"

比尔摇了摇头，"一定是这个地方让我不舒服。我以为我看到了什么东西。"

"用眼角余光看到的吗？"博士站了起来。

"对，但没什么重要的。"

"你眼角看到的东西绝不会不重要。你眼角看到的东西，通常足以置你于死地。"

比尔低头看了一眼玛茜和诺亚，"博士，你吓着孩子们了。"

"我都吓着我自己了。"

比尔扬起眉毛，"一个从来没怕过的人居然这么说！"

"'从来没有'是个相对概念。"他示意了一下夏洛特身后的树林，"现在，告诉我他在哪儿？"

比尔指着溪岸，"在那儿，那棵挂了个小盒子的树边。"

夏洛特看向那棵老橡树，上面有当地野生动物基金会放置的鸟箱。"可是我都说了，"比尔接着说，"那儿没……"

树后出现了光。两束光，就像眼睛一样。

夏洛特拿起她的手机。虽然她的镜头似乎很难聚焦到那两个圆圈上，但她绝不能错过这一幕。

"是他！"诺亚又抽泣起来，"他回来抓我们了。"

"闪灵人。"夏洛特敬畏地说。就是他，这就是她来的目的。她向前走了一步,然后僵住了。

她很害怕,真的很害怕,恐惧完全占据了她的五脏六腑。她不能动,不能跑,但她想逃,真的、真的很想逃。

那对眼睛在黑夜中闪闪发亮,夏洛特听到了一声呜咽。她本以为是哪个孩子发出的声音,但立刻意识到那是她自己。她的脸颊是湿的,雨却早已停了——她在哭,她的手在抖,她的腿完全软了。她希望脚下的地面能裂开,伸出一双手把自己拉到泥土里安全的地方,怎么样都行,只要能让她躲开那双充满穿透力的眼睛里发出的恐怖亮光。

接着,更多的闪灵人出现在小溪另一侧,岸边的每棵树后面。几十双发光的眼睛盯着她,穿透了她。

夏洛特的手机掉到地上。她跪了下来,感到周围的木头朝她围拢过来,空气也不断压缩,挤得她快要窒息了。

闪灵人的动作整齐划一,伸出瘦骨嶙峋的手指抓她。夏洛特缩成一团,等他们的指甲刮上皮肤。她不该这么做的,这真是个可怕、愚蠢的错误,但这已经不重要了。闪灵人来抓她了。

她迷失了。

7. 秘密行动

"这儿发生什么事了？"一个声音从上面传来。

夏洛特甩甩头，让自己清醒过来。问得好。她又能动了。恐惧感烟消云散，就那么没了。她睁开眼睛，树林里的亮光也都不见了。

"你在对我的外孙们做什么？"那个把闪灵人都吓跑了的声音说。

"外婆！"诺亚从后面喊着，想站起来，但脚踝一软又瘫回地上。

"我来帮您。"博士身手矫健地爬上河岸，去搀扶那位跌跌撞撞向他们走来的妇人。她在薄薄的睡衣外面披了件厚夹克，脚穿登山鞋，银色的鬈发上戴了顶羊毛帽。帽子已经湿透了，但她毫不在意，一把甩开了博士的手，"别碰我。"

他像被火烧了似的把手抽回来，"随你便。我只是想帮忙。"

她拿着手电筒顺着河岸滑下去，冲向孩子们。"诺亚，玛茜，你们究竟在这儿做什么？"她张开双臂搂住他们，"忽然发现你们不见了，吓死我了。"

"他们追我们，外婆。"诺亚对她说着，流不完的眼泪又涌了上来。

那妇人把手电筒像审讯灯似的对准博士的脸，"他们做了什么？"

"不是我们。"博士解释道，"我们听到诺亚尖叫，"他指向男孩的腿，"他扭伤了脚踝。会酸痛几天，但是没什么大碍。"

夏洛特站起来，掸掸身上的泥土。比尔侧过身，压低了声音，"你也感觉到了，对吧？"夏洛特过了一会儿才意识到，比尔说的是闪灵人出现时随之而来的那种令人腿软的恐惧感。

闪灵人！她的视频！

夏洛特从地上抓起手机查看。"太好了！录下来了！"她边说边打开视频应用。一排排可怕的眼睛盯着屏幕外——画面虽然不算清晰，但比她在网上见过的其他视频都好得多。太棒了！

"你是怎么找到我们的？"博士勇敢地向怒气冲冲的妇人走了一步。

"关你什么事？"

他用指头敲敲自己的脑袋，"就是想知道。"

那个老妇人又低头看了看外孙们。"住15号房的男人告诉我,他看到运动场里有手电筒的光,还朝树林的方向跑了。"她吻了一下玛茜的头顶,"你们到底在想什么?"

"我们在找妈妈。"女孩回答。

"哦,亲爱的。她不在这儿。"她瞪了博士一眼,"她才不会跟这种人在一起。"

"你管谁叫'这种人'?"博士厉声说,"我的意思是,虽然我们是人,但不是坏人。我们是好人。"他转向比尔,"告诉她我们是好人。"

"我们是好人,"比尔附和了他,"我保证博士说的是真的,我们只是来帮忙的。"

老太太的眼睛盯着夏洛特,"那个人又是怎么回事?我见过她在街上闲逛。你住在那辆露营车里,不是吗?"

"我是跟他们一起的。"夏洛特连忙说。

"你是吗?"博士问。

"她是的。"比尔告诉他。

夏洛特意识到自己还举着手机,想趁老太太还没误会,赶紧放下。

但是太迟了。"你在拍我们吗?"老太太在外套口袋里摸索起来,"我受够了,我要报警。"

"没那个必要。"博士插嘴道,"我们已经来了,看。"他从夹克里掏出一个破旧的钱包,在老太太面前晃了晃,"看见了吧?"他沉下脸,瞟了眼钱包,"你看到了吧?"

"刑事调查部?"老太太问。

博士松了口气,"既然上面是这么写的,那还需要我说明吗?"

她忽然有了兴趣,盯着他道:"你是因为我的萨米来这儿的?"

博士把钱包放回大衣里。"那就是诺亚的妈妈吧。"他显然是在猜,但老太太没看出来,"也就是您的女儿。"

"正是。"她拍了拍自己宽大的胸脯,"我叫希拉里·沃什。"

"很高兴见到你,希拉里·沃什。"博士应道,"我是博士,这是比尔,那位是……"他转向夏洛特,轻轻咳了几下,"那位是英国密姐,我们的……司法调查员。因此她才有不停地用手机录像的坏习惯。"

希拉里盯着夏洛特,"那是什么鬼名字?"

博士的"我就说吧"还没说出口,比尔就插了进来:"这是她的代号。你知道的吧,秘密调查需要。"

比尔已经尽力了,但希拉里显然不买账。

"我姓萨德勒,"夏洛特走上前伸出手,努力摆出正式的样子,"夏洛特·萨德勒。"

希拉里怒视着那只手,仿佛上面全是狗屎。"行吧,不管你们是谁。"她转身对博士说,"我得把他俩带回家去。"她收回胳膊,咂着嘴,"居然只穿睡衣就跑出来。"

"你也穿着睡衣。"博士抢话,比尔踢了下他的小腿。

"我们穿了外套!"诺亚擦着鼻子说。

"你要倒大霉了。"她用手电筒照着小男孩的脚踝,"你能走路吗?"

他摇了摇头,"我觉得不行。"然后看起来又要哭了。

"我来背他。"博士说。

"你行吗?"比尔问。

"别那么惊讶行不?"他斥道。

希拉里似乎还想争辩,但诺亚已经举起双臂,博士把他抱到空中,小男孩紧紧抓住他。博士佯装要把他摔下去,诺亚咯咯笑个不停。

"小心!"希拉里厉声说。

"别担心,我们很快就会把他带回家的。"博士大步出发,却立刻意识到自己不知道怎么走,"回去是这条路,对不对?"

希拉里拉住玛茜的手,从他身边挤过去,用手电筒给他指路,"我们绕远路吧。我不喜欢爬那边的河岸。"

"我也不喜欢。"博士赞同道,跟上了她,"你都给这孩子喂了什么啊?他简直有一吨重!"

"真没礼貌!"诺亚又笑了。

"别往心里去,他对谁都这样。"比尔在他们身后大步走着,又转向夏洛特,"你也一起来吗?"

夏洛特把她的智能手机从自拍杆上摘下来,跟上了比尔。"当然。"她莞尔一笑,"你俩要是没了司法调查员可玩不转。"

夏洛特走动时依然一直觉得有人在监视他们。她回头看了一眼,有那么一瞬间,她觉得自己在树林里看到了一双发光的眼睛,但它们转眼就不见了。树林里还是一片黑暗。

8. 博士来访

虽然博士并非真正的警察,但是他充分利用了走出树林穿过运动场的这段时间来调查。他向希拉里询问关于她女儿失踪的事情,萨米是如何在孩子们快睡觉时一去不复返的。比尔也时不时发问,并了解到:自从萨米失踪后,希拉里就一直跟孙辈们待在一起,而警察的逐户调查基本一无所获。

"这些你本该都知道吧?"希拉里问。她牵着玛茜的手穿过通往布朗尼山的大门。

"嗯,你也知道,这儿的官僚机构里都是这么回事。"博士飞快地应着,给比尔一个心照不宣的微笑,"左手不知道右手在做什么。"

"典型做派。"希拉里轻轻笑了,"就像地方议会一样。所以那种庞然怪物才会出现。"

她指了指运动场旁边的建筑工地。夏洛特没看出它有什么问题。那所房子跟她见过的那些新楼没什么两样。尽管它确实大了点儿,但并没有特别出格的地方。

比尔似乎也同意。"我觉得还行。"她对老妇人说,"完工后可能挺震撼的。"

"真能完工再说吧。"希拉里说,"真不敢相信他们居然拿到了建筑许可证。以前的那所房子没有任何问题。"

"它都要垮了!"玛茜说。

"他们本可以把它修好。"希拉里争辩道,显然不愿让别人下定论,"至少它有个性,不像那个眼中钉。还有那花园……"她听起来若有所思,"萨米很喜欢那座花园。克拉格赛德先生以前常让她爬后面的那棵大树。"她随手关上夏洛特身后的门,"他们也把树拔了。要我说,简直就是肆意破坏公物。"

夏洛特觉得,不管让不让希拉里·沃什说话,她都会让你知道她的意见。

至少比尔还很感兴趣。当希拉里带着他们穿过布朗尼山,走进臭虫巷时,比尔问:"那么,您在这里住了很久吧?"

"一辈子。"她答道,领着他们朝路中间的一座半独栋小房子走去。一辆蓝色的菲亚特停在车道上,一排常绿植物组成的树篱和灌木一直通向前门。"这以前是我的家,后来萨米从我和厄恩那里买了过去,我就搬进了公寓。"

"肥水不流外人田。"博士说着,背着诺亚走上通道,"我喜欢这样。我也曾经有一个祖传住所。"

希拉里讶异地看着他,打开了门,"后来怎么了?"

"我离开了，不喜欢那些邻居。"他把孩子抱在怀里，"我该把这位放在哪儿呢？"

希拉里为他扶着门，"最好直接去他的房间。"

"乐意之至。"博士说，"我的小队能跟进来吗？"

比尔和夏洛特早已走进了舒适的走廊。

"看来我也别无选择。我估计你们也想喝点儿茶吧？"

"如果不麻烦的话。"博士笑着帮她把门踢上。

"嗯，已经很晚了……"

"那么我们只来一杯茶就走。我要七块糖，比尔自己已经够甜的了不用加糖。玛茜，你能带我去诺亚的房间吗？"

小女孩领他上楼，比尔跟在后面。

希拉里看着夏洛特，不满之情溢于言表，"那么你呢，英国密姐？"

"我可以干掉一杯咖啡。"她对希拉里露出自己最迷人的微笑，"谢啦！"

夏洛特蹦蹦跳跳地上楼去加入其他人，大家聚在一个小房间里。这是个典型的小男孩的房间——墙上贴着游戏海报，储物箱里塞满人偶，地板上散落着乐高零件，就像等着被人踩中的暗器一样。靠窗的角落里有一张书桌，上面满是漫画和杂志，皱巴巴的衣服在旁边的椅子上堆积如山。

博士把诺亚放在床上。"被子不错。"他评论道，然后帮小家伙把雨靴从伤脚上脱下来。他检查了一下那里的关节,然后开了一个疗程的白日梦和冰激凌作为处方,"你马上就会好的。"

他发现床边有一本书,随手拿了起来,"《不存在的小妖怪》,我好多年没读过这本书了。"

"这是妈妈的。"诺亚告诉他,"她让我看的。她很小的时候就有这本书了。"

"她喜欢童话故事?"

诺亚点了点头,"外婆说她一直喜欢,我也喜欢。"

博士把书放在床上,审视了一番脏乱的房间,"跟我讲讲这个不是梦的梦吧。"

"妈妈就站在那边。"诺亚指着窗户说。

"身上都是树叶和泥土。"博士走到窗边,"所以你才到树林里去。"

"诺亚说她需要我们的帮助。"玛茜告诉他。

"然后一个闪灵人把她捉走了。"诺亚说,"把她拉进了地板里。"

博士问玛茜:"而你什么都没看见?"

她摇了摇头,"没有,但是我看到了脚印。"

"还有那片叶子。"诺亚提醒她。

博士咧嘴一笑,"脚印,我喜欢脚印,尤其是令人毛骨悚然的那种。它当时就在这里?"他蹲下来,用手指在地毯上摸索着。

夏洛特在他的身后窥视,"那儿什么也没有。"

"但是之前有!"玛茜坚持着,把比尔拉到一边。就连诺亚也蹦下床,一瘸一拐地走过来。但夏洛特说得对。这块地毯可能需要好好吸个尘,但上面确实没有脚印。

"之前真的有。"玛茜的手攥成了拳头,"真的,不是我们想象出来的。"

"没人说是你们想象出来的。"博士说着,嗅了嗅指尖,然后又拿出那个蓝银相间的小玩意儿。

"那到底是什么?"夏洛特问。

"音速起子。"比尔回答,博士则在扫描地毯,"别问,我也不清楚它有什么用。"

"它很有用,不像某些人。"博士把起子塞回口袋,"反正,绝大多数时候有用。"

"但今天不行?"比尔问。

博士没有回答,俯下身舔了舔地毯,就像猫舔奶油似的。

"你又在做什么?!"一个声音在门口吼道。那是希拉里,她端着一个托盘,上面放着热气腾腾的马克杯。

博士咂摸几下,"百分之二十的羊毛,百分之八十的聚丙烯,还有少许泛维度能量。有意思。"他跳起来,面对那位愈发愤怒的外婆,"希拉里,你要给我们下逐客令了吧?"

"正是。"

"那正好。"他轻快地走出房间，还不忘顺手从托盘里拿了一杯茶。

希拉里吃惊地瞪他，看着他一路小跑下楼梯，还感激地抿了一口茶。"这脸皮厚得像……"她还没开始抱怨，比尔和夏洛特就借口去追博士，向她告辞了。

"我觉得我喜欢他。"夏洛特关上了前门。

"他的确讨人喜欢，"比尔抬头望了眼窗边横眉竖目的希拉里，"百分之九十九的时候。"

"居然这么多？"博士说。他站在人行道上等着她们，手里还捧着那杯茶。

"我们现在做什么？"夏洛特走到他身边问。

"现在……"博士直视她的眼睛，"你把有关闪灵人的一切都告诉我。"

9. #畏惧此光

比尔喜欢夏洛特,不是那种喜欢。这位戴着毛线帽、穿着短夹克的视频博主,对她来说还是太男孩子气了点。

比尔喜欢的是她很能接受现实,即使那意味着忍受博士。虽然比尔知道博士聪明绝顶,但也看得出来,她的这位导师很容易惹怒别人。她都不知道他是故意的还是无心的,但无论如何,夏洛特就这样接受了他。比尔准备回去后看看对方发布的视频。

视频博主领着他们穿过臭虫巷,走向一辆不再光鲜的露营车。锈迹侵蚀了磨损的轮圈,外壳上的淡黄油漆也剥落不少,露出大块的凹痕。

夏洛特滑开侧门,招呼他们进来。"请原谅,这里太乱了。"跟这里相比,诺亚的卧室都可谓整洁。能当作简易床铺的座位上放着皱巴巴的睡袋,橱柜里塞满塑料盘子和垃圾零食。地板上乱七八糟地散落着《奇异时代》和《超自然月刊》,一只电灯泡从低矮的车顶挂下来,贡献着聊胜于无的光线。

"生活在路上,对吧?"比尔手脚并用地爬进了车。

"我见过更糟的。"博士挪进后座,"我有个朋友住在一辆双层巴士里。她对豹纹窗帘和跳草裙舞的姑娘很是痴迷。"

"听起来不错。"夏洛特拉上比尔旁边的车门,后者勉强缩在后面的一张破旧折叠椅里。"维尔玛的确状态不佳,但她能在夜里为我保暖。"

"维尔玛?"比尔问。

"是说这辆露营车吧。"博士边猜边四处张望,"我有过一辆叫'贝西'的车。"

比尔扬起一边眉毛。"还有个叫'美人'的塔迪斯。"她又对夏洛特说,"他以为我没听到他跟她说话。"

"塔迪斯是什么?"夏洛特蹲在地上问,"你的蓝盒子吗?"

博士把马克杯里的茶一饮而尽,转移了话题,"我们看看你这儿有什么好东西吧。"

夏洛特从橱柜里取出一台笨重的笔记本电脑,挤到博士身边。她扯下毛线帽,露出寸短的头发,把电脑放在膝盖上打开。电脑启动了,屏幕的光线从她的眉环上反射回来。

"嗯,第一次目击事件是在一个月之前。从那以后,全国各地都有人看到闪灵人,他们常在街角出现,模样也总是一样——又高又瘦,长长的黑发,空白的脸和闪亮的眼睛。"

比尔想起树林里的光,打了个寒战,"就像我们在树林里见到的那些。"

夏洛特从屏幕前抬起头来,"我从来没在一个地方同时见过这么多。他们通常都是单独行动的。"

"你见过多少个了?"博士问。

夏洛特在他旁边不安地调整了下姿势,"今晚之前吗?"

他点了点头。

"嗯,其实我一个都没见过。"她承认道,"没有亲眼见过。但是我看过照片和视频,很多、很多视频。"她把注意力移回笔记本电脑,手指在触摸板上滑动,"我只需要接上网络……有了。"她把笔记本电脑转过来让他俩都能看到,"只要知道怎么找,总能找到 Wi-Fi 信号。"

屏幕上显示着一个网页,上面有些模糊的图像。每张照片都是从远方拍摄的,拍摄对象都一样:一个高高瘦瘦、眼睛发光的模糊身影。

"最开始只在英国,后来美国和加拿大也有人目击。"

"你刚才说还有视频?"博士催促道。

夏洛特拉过键盘,搜索着收藏夹,"你看。"

比尔终于凑到屏幕边时,视频已经在播放了,那是智能手机拍下的抖动影像。一条喧嚣马路下的地下通道里,几个青少年叽叽喳喳地聊着天,忽然,一个闪灵人出现在隧道尽头,一秒钟后又消失了。

"我能再看一遍吗?"博士问。

"他们重放了一遍。"夏洛特说。视频片段慢动作回放,在那个鬼影出现时暂停了。

比尔凑近屏幕。她很难看清细节,除了那对发光的眼睛,像被汽车头灯照到的猫眼一样。

"你们一定看过这些吧。"夏洛特又放了一段类似的视频,一个闪灵人出现在高速公路旁,"新闻里一直在说他们。"

"我们离开了一阵子。"比尔这么含糊地说了一句,就当解释了。

夏洛特耸耸肩,"我觉得人人都在谈论这个。最开始的时候,大家以为这只是一场骗局,某种网络恶作剧。"

"但是,你不这么想……"博士说。

"我知道这里面一定有猫腻。问题是,总有一些傻瓜打扮成闪灵人的样子,去吓唬孩子之类的。这让人很难辨别哪些目击事件是真的……"

"而哪些是穿着戏服在胡闹。"比尔说。

"就像十九世纪的幽灵模仿者。"博士凝视着屏幕,若有所思地说。

"什么?"

博士挠挠鼻子,自然而然地进入了讲故事模式,"人们都以为维多利亚时代的人是理性的群体,满脑子都是技术和帝国。但是，19世纪中期的人们其实仍对鬼魂深信不疑。他们走到哪儿都认为自己会遇到幽灵和妖怪。于是，很快就有骗子蒙上床单去吓唬陌生人，女性更是遭了殃。历史似乎重演了。"

夏洛特点点头，"超市也在添乱。贝特沃斯超市甚至在卖万圣节的闪灵人服，还配了假装眼睛的手电筒。各种图像和视频处理软件也在掺和，如今只要有台还算过得去的电脑，谁都可以做出各种特效。每一个闪灵人视频都可能是假的。"她笑着拍拍口袋里的手机，"直到今晚。这就是我们一直想要的证据。"

"那么其他的东西呢？"比尔问。

夏洛特皱起了眉头，"你指的是什么？"

"在树林里，当那些眼睛出现时，我很害怕。"

"这不难理解，"博士说，"你毕竟只是个人类。"

"但我以前也见过可怕的东西。你知道的。这感觉完全不同。"

"就像你不能动弹了，"博士平淡地说，"你的身体不再由你支配。"

"没错。我快要不能呼吸了。感觉被困住了。"

"那些报道里也说了。"夏洛特告诉他们，"至少，在那些我觉得真实的报道里提到了——一种排山倒海般袭来的幽闭恐惧症的感觉。"

"那么，为什么是这儿呢？"博士说着，把一层薄薄的窗帘往后推了推,望向维尔玛的窗外,"为什么是哈肯索尔呢?"

夏洛特耸耸肩,"我说过,这里是一切开始的地方。"

"第一起目击事件。"

她点了点头,"两个月前。"

"八个星期就传遍全球……"博士指着笔记本电脑问,"能让我用一下吗?"

"别客气。"夏洛特把电脑递了过去,"这个世界陷入了闪灵人狂热。"

"他们甚至有专属话题标签了。"博士看着屏幕说,"#畏惧此光。当某个东西拥有话题标签时,你就知道它确实很重要了。"

"你居然还知道话题标签?"这个念头让比尔乐了,但话一出口,她就意识到不该问。

博士凶巴巴的目光从电脑上方投过来,"#这是侮辱。我敢肯定,你觉得我每天两耳不闻窗外事,生活都在盒子里!"

"某种程度上讲,你确实是啊。"

电脑发出一声提示音。"你收到了一条信息。"博士告诉夏洛特,又凑回去看屏幕,"一个叫'怪星5000'的家伙。"他敲着键盘回复起来,"你好,怪星5000。恭喜你起了个好名字,几乎跟我的一样可笑……"

"喂!"夏洛特从他腿上抢过电脑。

博士嗤之以鼻,"反正是无聊的对话。"

夏洛特读着屏幕上的字,眼睛瞪得更大了,"并不是。他在问我有没有看到超闻网的直播。"

"嗯,你看了吗?"

"还没,但是……"她点击了一个按钮。

"让我看看。"比尔说。

夏洛特把笔记本电脑转了一下,屏幕上展示出一个网络摄像头捕捉到的画面。

"是家商店。"博士不以为然地说,比尔则勉强辨认出架子上的一盒盒电脑硬件设备。"还是家关了门的商店。怪星5000需要#干点正经事。"

"它就在这附近。"夏洛特意识到,"商业街的一家小数码店。我昨天还去那里买了张SD卡。他们肯定有个网络摄像头一直开着。"

"为什么?"博士问,"为了把人无聊死吗?这个作用已经起到了。"

"那儿,"比尔指着商店橱窗后面的模糊影像,"外面的大街上,有什么在动。"

博士靠近看了看,"我觉得不是。那只是……"

商店橱窗上忽然出现了一张脸,他不禁猛地向后一跳。那东西就出现了一秒钟,一张眼睛发光的脸。

073

"你说的附近有多近？"他已经准备出去了。

"就在拐角那里啊。"夏洛特回答，同时伸出手去拿她的毛线帽。

博士拽开门跨了出去，"那你们还在等什么？#*行动*！"

10. 购物去了

对于一个自称两千多岁的人来说，博士可真能跑。他飞快地冲在前面，两条修长的腿跑个不停，靴子踩在人行道上啪嗒啪嗒直响。

"哪条路？"他在布朗尼山脚下喊。

"沿着商业街，"夏洛特回答，"向右转。"

他又飞奔起来，比尔紧随其后，夏洛特跟在她身边。有那么一会儿，比尔觉得他们看上去一定形迹可疑——两个女人在午夜追逐着一个穿天鹅绒大衣的老头儿，但是也没人来管他们。毕竟路上空荡荡的，只有三两辆音响开得很吵的车呼啦啦开过。

"你们到底是谁？"她们边跑，夏洛特边问。

"我是个学生。"比尔回答。她连汗都没跑出来，为此颇为得意。和博士一起冒险的锻炼效果比去健身房好多了。

"现在呢？"博士又回头喊。

"'好家伙'的左边。"夏洛特回答。

"什么的左边？"

"那家酒吧。"她指着前面说。

"知道了!"博士跑过马路,比尔确认了一眼双向没车,才跟了上去。

"那么他是干什么的?那个博士。"博士消失在拐角处时,夏洛特问,"你男朋友吗?"

这让比尔哈哈大笑,"他可不是我喜欢的类型,朋友。完全不是。"

"我也这么觉得。"

"他是我的老师。他向我展示了宇宙是如何运转的,一次认识一颗星球。"

"你是说天文学之类的?"

"差不多吧。"

博士到了路的尽头,这次夏洛特没等他开口问就告诉他:"直走。格雷格斯旁边的小巷。"他二话不说穿过了小路。

"你说他会寻找怪物。"

"我说过的话多了去了。"她们冲向面包店的方向,博士已经消失在商店间的一条小巷里。

"但你以前见过这种事。在树林里时,你也很害怕,可你并不惊讶,好像你早就料到事情会变得诡异似的。"

他们跑过人行道,来到一个小购物区。这里一片黑暗,直到博士用音速起子嗡嗡地把路灯一盏盏点亮。这里和比尔设想的差不多:前方有一排长凳,商店在两边延伸,慈善店、折扣店、报摊和餐饮店比肩而立。

博士已经到了一家蔬果店前面,正在察看购物中心的平面图。比尔停下来歇口气,但夏洛特还在追问:"你们是UNIT的吗?"

比尔看着她,"什么?"

"你明明听到了。你们不是UNIT的,就是火炬木的。"她的脸色明显变白了,"你们不是铁铺[1]的吧?"她激动得都要喘不过气了,比尔则举起一只手,"老实说,我真不知道你说的那些都是什么意思。"

她小跑到博士身边,后者正忙着用音速起子的末端把口香糖从塑料地图上刮下来。"说真的,"他嘟囔着,"为什么人们总是屡教不改地把口香糖到处粘。这习惯真恶心。把商店的门牌号都遮住了。"

"你难道不能……你知道的……"她模仿音速起子的声音,像蜜蜂一样嗡嗡叫着。

博士一脸震惊,"起子发出的才不是这种声音。"

"不好意思。"

"而且音速起子对口香糖不起作用,还有木头。"

---

[1] UNIT、火炬木、铁铺均是《神秘博士》宇宙中虚拟的地球机构。

比尔皱起眉头，"什么起子连木头都搞不定？"

"没关系，"夏洛特拍拍博士的胳膊，免去了他的尴尬，"我知道那家店在哪儿。"

"总还是有人能帮忙的。"博士跟上了夏洛特。

比尔强忍住冲着他的后脑勺吐舌头做鬼脸的冲动。

夏洛特在一家破旧的小店外面停了下来。

"这可比苹果商店差远了，不是吗？"比尔看了看那块俗气的手绘招牌，"PC 星球：满足你所有的电脑需求。"

夏洛特已经用她的手机拍了起来。"就是这儿，不到半个钟头前，有闪灵人出现。"她转着圈子，用一种故弄玄虚的口吻讲述着。

她还没拍到博士，手机就被他扒拉到了一边。

"喂！"她厉声抗议，"我可是在干正事。"

"我也是。别把我扯进来，行不？"

"所以，他刚才就站在这里。"比尔站到了他们之前在视频上看到闪灵人出现的地方。果然，她透过窗户看到了一个网络摄像头，红色的 LED 灯在镜头上方闪烁。

"不好意思。"博士把她推到了一边。

"别介意我！"

"我不介意，"他俯身仔细观察脚下的铺路石，"所以你才能一直在我身边。"

她做了个鬼脸,"快告诉我,你不会去舔人行道。"

"没那个必要。"他又站了起来,上下打量起商业区,比尔顺着他的视线望过去。右边是他们已经看见的那些:折扣店、猫咪保护联盟和珍妮咖啡馆,左边是贝特沃斯超市、游戏交流站和停车场入口。

"我们分头行动,怎么样?"博士问。

比尔摇了摇头,"你这辈子从没看过恐怖电影,对不对?"

他一脸疑惑地看着她。

比尔挥舞双手,煞有介事地说:"主角们分开了,开始单独行动,然后一个接一个地被干掉了。"

"那永远不会发生。"他坚持道,"嗯,基本上不会。别像个胆小鬼似的。"

"我才不是。"比尔也不肯轻易认输,她一边揉着胳膊,一边环顾四周,"只是,晚上的购物中心有点吓人,仅此而已。"

"小丑才吓人呢。商店只是商店而已。"

现在轮到比尔盯着他看了,"你怕小丑?"

"才没有!"博士答得飞快,"我们可以待会儿再聊这个,等离开了吓人的购物中心以后。"他指了指他们来时的路,"夏洛特,你到后面看看,我去停车场找找。比尔可以留在这里。"他的口气好像在说,比尔怕得不敢自己去侦查。

"我去停车场。"她主动请缨,"你可不会知道,克劳斯提[1]可能就藏在购物车后面。"

"哈哈。"博士干笑两声,看了看手表,"那么,我们五分钟后回到这里碰头。"

夏洛特抬手行了个礼,但没有碰脚跟,"好嘞,船长。"

"当心点儿。"博士挥手示意她们解散,把注意力转回PC星球外面的人行道上。

比尔咬着嘴唇走开,蹑手蹑脚地朝贝特沃斯超市走去。音速起子的嗡嗡声让她安心了些。

她到底该找什么呢?博士老是这样,希望她能即兴发挥。八成因为他自己也在做同样的事情。他总喜欢假装有计划,但从他俩开始一起冒险时她就已经看穿了——他的计划几乎都是行动开始后才想出来的。

但他也确实是对的,至少大多数时候是。今天也一样。前面的超市只是超市而已,过道里黑乎乎的,货架上堆满商品。明天这个地方又会熙熙攘攘,挤满退休的老人和哭闹的孩子。没什么好怕的,只要不被手推车撞到脚踝。

她回头望了一眼。博士在扫描商店的橱窗,夏洛特在商业区的另一头录视频。

比尔透过停车场的入口往里窥探。除了角落里那辆红色沃尔

---

1. 动画片《辛普森一家》里的小丑。

沃、一辆脏兮兮的白色小货车和一些手推车,里面就没东西了。

这里甚至不怎么黑,长条灯在头顶上忽明忽暗。停车场只有两层,勘察一圈也用不了多久吧?她给自己打气,相信一切都会顺利,然后匆忙跑向上楼的坡道。

上面有什么东西闪了一下。她在坡底停住,仔细倾听动静。周围静悄悄的,只有博士的起子在外面的商业区欢快地嗡嗡响。

是我神经过敏,她对自己说,仅此而已。她开始沿着坡道往上走。光又来了。天花板上的管道反射出两束沿着金属移动的光。那绝不是汽车头灯,它们太小了;而且车灯也不可能离得这么近。

她停在原地,从夹克口袋里摸出手机,翻到博士的号码,才发现没信号。这下好了。

她可以回去找他。她应该回去,但一想到他没完没了嘲笑自己胆小的情景……不行。她才不打算给他这些把柄。如果在这里的是他,他会不顾一切去探险。他会这么做的,她也要这么做。

比尔像捧着护身符一样捧着手机,沿着坡道小步往上挪,接近坡顶时,她望向栏杆后面。楼上也空无一人,一辆摩托车孤零零地停在远处的旋转门旁边。

那边一定是楼梯了,比尔边想,边轻手轻脚地穿过空荡荡的停车场。难道刚才是摩托车车灯的反光?可她并没有听到引擎声。比尔伸手摸了摸摩托车黑黄色的车架来确认,冷冰冰的,而且这车只有一盏灯。

除它以外,这儿就只有角落里的结账机了。她看看表,估计五分钟到了。她决定走楼梯去一楼,越快离开这里越好。她拉开一扇门,却不由得退了一步。喷!楼梯一股便池的味道。那边还有忽闪忽闪的荧光灯,仿佛是直接从深夜恐怖片里搬来的。

"还是算了吧。"她说着转身,却被吓得尖叫起来,两束明亮的灯光晃晕了她。她被一把推到门上,还没来得及叫喊就被一只戴着手套的手捂住了嘴。

"畏惧此光。"那个闪灵人在她耳边用嘶哑的声音说道。湿热恶臭的气息扑上了她的脸颊。

11. 斯科菲尔德警官

比尔做出了她唯一知道的应急反应——用膝盖猛顶对方裆部。她感觉到撞击，但没听见声音，接着是一声急促的咕哝。抓住她胳膊的手松开了一下，她趁机把那个闪灵人推开。

他跌跌撞撞地倒在地上，像一只受伤的动物。比尔眨眨眼想看清楚些。

"比尔！"身后传来一个声音，她及时躲开，没被忽然推开的门压扁。博士从楼梯间冲了出来，"你没事吧？"

比尔竭力稳住呼吸，指着脚下蜷缩成团的家伙说："抓住我……看不见。"

夏洛特也撞门进来，"比尔？出什么事了？"

"咱们的闪灵人出现了。"博士厌恶地皱起鼻子，低头看着那个还在蠕动的身影。那家伙穿着一件棕色的长外套，头上披着光滑的黑发，那双"眼睛"还是打开的，明亮的光束只照亮了地板上的磨痕和烟头。

原形毕露的家伙。夏洛特拿出手机，拍下了他的后脑勺。

"我们来看看能不能给你拍张更好的特写。"博士俯身说。

一阵强劲的引擎声打断了他。汽车的前灯照亮了斜坡,刺耳的轮胎声随即传来。警笛声突然响起,一辆警车加速上楼,向他们冲来。

博士举起双手,像个偷糖吃却被抓现行的孩子。警车停在他们面前,发出尖锐的嘎吱声。博士整个人笼罩在车灯的光里,夏洛特还在录视频,强光让他们都眯起了眼睛。

车门突然打开,一名女警从驾驶座上跳了下来。她个子很高,接近一米八,有一双敏锐的绿眼睛,警帽下的金发则整齐地绾成一个髻。她的同伴比她还要高,是个魁梧的黑人,看起来很严肃。

"这是怎么回事?"女警发问了。

"我的朋友被袭击了。"博士说着,歪歪头示意地板上那打扮成闪灵人哼哼唧唧的家伙。

女警叹了口气,"不会吧,又来一个。"

她对同事点点头,后者把"闪灵人"翻过来,让他仰躺在地。他的脸上蒙着一层黑色纱布,现在,比尔可以认出纱布下的鼻子和嘴巴了。假面具上,闪耀的眼睛只不过是架在前额上的手电筒。

警察一把扯下劣质的涤纶假发,那人的面具也跟着滑落,露出一张满是胡须的脸。

"站起来!"警察把那人拎了起来。

"放开我!"他哀求着,想从执法人员的铁臂中挣脱。他伸出手指,冲着比尔指责道:"她……她攻击我!"

"因为你先抓住了我!"比尔斥道。

女警转向博士,"你看到了吗?"

"我只看到了结果。"博士回答,"这位警官是……"

"斯科菲尔德。"她回答时眼光落在了夏洛特身上,"你以为你在干什么?"

"没干什么。"夏洛特赶紧把手机塞进后兜,"我只是,你懂的,拍摄证据。"

"这又是什么意思?"斯科菲尔德问,"没有影像就没人认账?"

夏洛特紧张地笑了笑,"如果你需要,我可以用电子邮件发给你。"

"到时候再说吧,等你们做完口供之后。"

博士的肩膀明显一沉,"有这个必要吗?"

比尔难以置信地说:"是他袭击我的!"

"而且他也付出了代价,"博士搓着双手,好像随时准备开溜,"每个人都很满意。"

"我不满意!"那个衣冠不整的男人尖声喊道。

"你被捕了。"大个子警察对他说,并在宣读了他的权利后把他关进警车里。

"好极了!"博士欢呼,领着比尔和夏洛特朝楼梯走去,"正义得到了伸张。你抓了你的人,所以我猜我们该走了。"

"那你就猜错了。"斯科菲尔德走到他们面前,"你们三个本来在这儿干什么?"

博士用脑袋示意商店的方向,"买便宜货。"

"是吗?"

"可能吧。"

"我们也需要逮捕你们吗?"斯科菲尔德的搭档问。他的双臂环抱在威严的胸膛前。

"没必要,"比尔走上前说,"我们只是在找他,好吗?"她比比警车后座的那家伙,"嗯,不一定就是他,但是……"

"但是在找一个闪灵人。"斯科菲尔德流露出明显的沮丧。

"我们通过网络摄像头看到了他。"夏洛特插嘴,"网上到处都是。"

斯科菲尔德上下打量着他们,"所以你们是来找怪物的。"她瞪了博士一眼,"跟她俩一起玩儿,你不觉得自己年纪大了点吗?"

"我比你更清楚这一点。但是请告诉我,你说的'又来一个'是什么意思?"

"什么?"

"'不会吧,又来一个。'你刚才是这么说的。乔装打扮的事,已经很成问题了,对吧?"

"这话有些含糊啊。"

"在商店的周围,在诺亚·霍兰德学校附近。"

这话引起了斯科菲尔德的注意,"你对诺亚·霍兰德的事知道多少?"

博士利索地亮出他的通灵卡片,"约翰·史密斯博士。UNIT 的。"

"我就知道!"夏洛特在他身后窃窃私语,只招来比尔一个"闭嘴"的眼神。

"我该对此心存敬畏吗?"斯科菲尔德说归这么说,但在博士声明身份后,她的下巴立刻紧绷起来。

"你知道 UNIT 是什么吗?"

"略有耳闻,道听途说。"

博士把钱包放回口袋里,"那你应该相信那些道听途说。"

比尔尽力不露声色,但还是感到惊讶。她从没听过博士用这种口气说话。她知道博士有自己的秘密,比如学校里那个神秘保险库,但这语气听起来一点也不像他。UNIT 是什么,或者说,是谁?

不管那是什么意思,都已经达到了预期效果。斯科菲尔德生气地抿抿嘴唇,但还是不情不愿地妥协了,"形势正在失控。单

087

单这周我们就逮捕了三个恶作剧的家伙,他们都穿着同样的衣服,都想制造麻烦,在学校附近或小巷里晃悠……"

"还有停车场?"博士说。

"但他们的目的是什么呢?"比尔问,"半夜三更的,没人在这儿。"

"你们不就在这儿?"斯科菲尔德反驳,"你们在网络摄像头上看到他就跑来了,正中他的下怀。至于其他人,也许是为了求助,也许是为了好玩儿。不管是什么,残局都得我们来收拾。"斯科菲尔德对她说。

"什么残局?"博士问。

斯科菲尔德叹了口气,"昨天,一群孩子在斯坦福德公园看到闪灵人出没。你也知道孩子们都喜欢添油加醋,让故事越来越玄乎。不久,他们就告诉大家,那个闪灵人拿着棒球棒,想把一个小男孩塞进麻袋里。故事传到某位父亲的耳朵里,他就召集起朋友来公园找到那个人,把对方揍进了医院,这一切都只是因为那家伙某天早上突发奇想,要穿上那身衣服。他还算运气好,只是断了三根肋骨并且肺穿孔而已。"

"这听起来可不像运气好。"比尔说。

"本可能更糟的。"博士说。

"可能糟得多。"斯科菲尔德同意道,"离这些白痴跳出去吓唬心脏病人还有多久?要是某个受害者防卫过当了怎么办?"

说到这里，斯科菲尔德瞥了比尔一眼，"报纸也在帮倒忙，把一切都渲染得很夸张。搞得这里人人自危。"

"而且现在不止这里了，"博士说，"全国各地都是。"

"可不吗？现在，你是准备直接给我一份口供，还是跟我们回警局讨论这件事？"

博士还没开口，比尔就抢先上前一步，"没问题，你需要知道什么？"

半小时后，比尔解释完事情的经过，留下了家庭住址和手机号码。

斯科菲尔德意识到她在博士那里注定一无所获，就告诉同事可以回车里了。要上车时，她转身对博士说："记住我们刚才说的，有人受伤只是时间问题。"

他点了点头，"我保证，那是我最不想看到的。"

斯科菲尔德看上去并不怎么信服。她打开车门后又停了下来，看着夏洛特鬼鬼祟祟拿着的手机，"你还在录像吗？你到底在收集什么证据？"

博士站到他们中间，挡住了夏洛特的镜头，"她没在收集任何东西，很可能只是在自拍。你也知道，现在的年轻人就是这样，永远只关心自己、自己、自己。"

警官看起来还想再回敬两句，但最终忍住了。她钻进车里，砰的一声关上门，开车走人。他们的囚犯从后窗里凶巴巴地瞪着眼。博士友好地挥手告别，警车消失在坡道下面。又只剩下他们几个了。没有警察，没有闪灵人，只有比尔、夏洛特……和坏心情的博士。

"你在开玩笑吗？"他转身对夏洛特说，"你居然为了你的视频日志拍她？"

夏洛特吸吸鼻子，装出一副若无其事的样子，"这是我的自由。"

博士用瘦长的食指指着她的手机，"这手机早晚害死你。"

"这也太危言耸听了吧？"夏洛特不屑地一笑，把手机塞进口袋，但博士没再搭理她。他已经转向比尔，一只手搭在她的肩上。"你没事吧？"他的声音在上一刻有多愤怒，这一刻就有多温柔。

现在轮到比尔表现得若无其事了，尽管他八成能感到她还在发抖。"嗯，当然。我可以照顾好自己。"

"你本不该这么做的。抱歉。我不该建议分头行动。我太傻了。我只是太久没这样了。"

"没怎样？"

他那双看不出年纪的眼睛里充满悲伤，"太久没有朋友了。我生疏了。"

"纳多尔呢？"比尔问。纳多尔是博士在大学里的家务总管，无论从哪方面来说，都是个有趣的小个子。他有时会说些莫名其妙的话，有时忙活些稀奇古怪的事，比尔还不是很了解他。

博士苦笑，"纳多尔是个特例。"

她咧嘴一笑，"可不是嘛。"她凑近了些，压低声音，仿佛在分享一个大秘密，"别担心，你在交朋友这件事上做得还不错。"

"嘘，"他也用悄悄话回答，"别告诉任何人。我要捍卫我的名誉。"接着，博士毫无预兆地转移了注意力，冲夏洛特伸出手，"拿出来。"

"拿什么？"

"你的电话。你会想把它给我的。"

"我可不这么想！"

"哦，你可不这么想？"他拿出音速起子，在面前挥舞，"我还以为你想要一个火爆的视频呢。"

她眯起眼睛，"你在说什么？"

"我这里有些料会让你大吃一惊的。"

现在，夏洛特的眼睛睁大了，"UNIT的数据吗？"

"别在这里谈！"他压低声音说着，环顾四周，"隔墙有耳。"他的手又伸了出来，"可以给我了吗？"

这一次，夏洛特毫不犹豫地拿出手机递给了他。

"谢谢信任。"博士用音速起子对着手机捣鼓一番。手机嘟嘟响了两声,他还了回去,"好了,在你安全回到维尔玛里面前,不要看。"

夏洛特的拇指停在触摸屏上方,"为什么?"

博士轻轻点了点自己的鼻子,"不提问就不会被骗。但是,这些等待是物有所值的,你瞧着吧。"

夏洛特喜滋滋地把手机放回口袋。"那你们俩呢?"她看着比尔,期待之情溢于言表,"你需要在什么地方凑合过一夜吗?"

博士替比尔回答:"我们有塔迪斯。"

比尔笑了笑,夏洛特则试着掩饰自己的失望,"是说你的蓝盒子吗?"

博士已经朝楼梯走去,"我们离家出走时的家。来吧,比尔。"

"UNIT是什么?"当他们在博戈惊吓林里艰难地往回走时,比尔问。

"是在我需要时就挺有用的东西。"博士一边回答,一边在口袋里翻找着塔迪斯的钥匙,"我们别管那个,现在有点儿晚了。"

"只是有点儿吗?现在得是凌晨两点了吧?"比尔瞥了一眼手表,但这也没什么用。当你乘坐塔迪斯旅行,时区就模糊了。

"正是。"警亭出现在视线里,"我们明天得早起去见他们,所以要像小雏菊一样精神饱满!"

比尔从没有这么高兴见到某样东西。虽然他们在树林里也没遇上什么意外,但她总觉得阴影里潜伏着一双双眼睛。尽管如此,她还是不敢相信博士说今天就到此为止了。

"你怎么能在这种情况下睡觉呢?"他打开门走进去时,她问道。

"谁要睡觉了?"他呛道,大步走向控制台开始忙着操作,"请把门关上,好吗?"

比尔照做了,然后也来到控制台旁。

"我不需要睡觉,乌龟才需要。"博士计算完后,使劲拽下非物质化操作杆,"再说,我们要抄近路。"

一双闪光的眼睛目送塔迪斯消失得无影无踪。树林里又静了下来,黑暗中只剩抽泣的声音。

12. 圣诞节入住

罗布·霍克最不想见到的人就是该死的哈罗德·马特。让自己手下的小伙子们在星期六干活已经够糟的了，房主还不请自来，到工地上指手画脚。

罗布看到他就生气。马特有完美的衣服、完美的头发和完美的牙齿，但这些都不足以改变他极度招人讨厌的事实。

"说吧，"马特大步流星地走进来，"你有什么要为自己开脱的？"

罗布其实有很多话想说——他们应该继续埋头干活不被打扰；若不是马特隔三岔五地改变想法，项目的工期也不会像现在这样远远落后于计划；若真要满足他的所有要求，房子永远都建不好。

但是，给金主提意见从来就不是什么明智之举，所以罗布忍住口舌之快，告诉他一切都很顺利。

马特看着建筑工头，仿佛后者是一团污垢，而且是特别不堪的污垢，"这也叫顺利？窗子都还没开始装，大部分房间还没铺地板！"

"我们会搞定的。"罗布保证。只要让马特离开，他什么都愿意说。建筑公司的蒂姆随时会带着熏肉三明治回来，罗布希望自己能耳根清净地吃个早餐。

"你上周就是这么说的。"马特提醒他。

"我们本来要完成了，但是上周我们有两个人感冒了……"

"那不是我的问题。"马特打断了他。

"但他们现在已经回来工作了，"罗布咬紧牙关继续说，"所以我们会把时间补回来的。不用担心。"

"你最好说到做到，电工星期一就要来了。"

"我知道。是我跟他预约的。"

"泥水匠周末之前就得开始工作。"

罗布逼自己点了点头，不然他就会直接踩死这个趾高气扬的小混蛋，"相信我，大家都知道自己在做什么。"

"我答应了凯特，圣诞节就能搬进去。"

"你们会的。"罗布向马特保证，并且想象着对方一家过圣诞节的情景——跟上流社会的朋友们共进晚餐，讨论壁炉和法国南部的假期。家里的圣诞树当然也是全新的，上面整齐地挂着一条条彩色饰品。他们可能已经买好了装饰物，准备让新邻居们啧啧称奇。

罗布并非看不惯有钱人，没那个必要。有钱人才会想要大房子,只要他们找他承包,就皆大欢喜。遇上马特这样的白痴除外。这家伙以为银行里有点存款就能仗势欺人。他怀疑马特这辈子都没踏实工作过一天,只是在电脑前随便敲打些数字,然后就去健身房燃烧卡路里。这叫什么生活?马特拥有一切——相貌、金钱,还有即将竣工的梦想之屋,即便如此,他也从来没有过一丝笑容。

至少他不再喋喋不休了。"好吧,既然你这么说了。"

"我说到做到。"罗布向他保证,脸上挂着送客时的最佳笑容,"我们马上就能重回正轨。你会看到的。"

马特看上去并不怎么相信,但还是转身离开,而且时机正好。蒂姆从小吃店回来了,手里晃荡着一个塑料袋,还吹着不成调的口哨。

"那么再见啦。"罗布欣喜地说。

可是,马特走到门口又停住了,从口袋里掏出手机,"还有一件事。"

罗布的肩膀垮了下来。这不当然的嘛。马特快速划过屏幕上的图片,这是个糟糕的迹象。要是有图片,就说明马特夫人又在一本杂志上发现了什么她非有不可的东西,无论那要花多少钱或多少时间。

果然,马特向他走来,"凯特想让我问问你关于露台门的事情。"

别啊,不会吧,别提那事儿啊……马特夫人已经改过三次主意了。

"门今天早上就会装上。"罗布告诉他。

"那你最好让我看看。"马特说着,便大步走进了那个即将成为他客厅的房间。

"等等!你得戴上安全帽!"罗布转向蒂姆,"扔一顶过来,好吗?"

蒂姆从入口旁边的一堆杂物里抓起一顶黄色安全帽,扔过了走廊。

"谢谢。"罗布接住了,"我可不希望他被什么东西砸了脑袋。"

"是啊,"小伙子窃笑起来,"那可是噩梦。"

客厅里射出来一束光,一定是马特在拍照。

"不过说真的,"罗布跟着房主走进空荡荡的房间,"如果你想在周一就把线路搞定……"

他的话说到一半停住了,客厅里空无一人。他走到露台门位置的洞口往外张望,外面是一片泥泞的土地,它将来会变成一座美丽的花园。

马特也不在那儿。

"马特先生?"罗布一边喊一边回到走廊,又走进同样空荡荡的厨房,"哈罗德?"

还是没有那人的影子。

"他去哪儿了?"他问蒂姆。

那个满脸坑坑洼洼的小伙子耸了耸肩,从塑料袋里拿出一个三明治,"你要红酱的还是黄酱的?"

13. 大地的传说

比尔听说过擅闯民宅、擅闯银行，但从来没听说过有人擅闯公共图书馆。

说得好像她还不确信博士并非常人似的。

"你当真确定这是个好主意？"她偷偷回头看了看。商业街上很安静，大多数商店还没开门，但已经有车来往了，一辆公交车缓缓驶过。

"当然。"博士用音速起子打开门，"我什么时候有过坏主意？"她还没来得及回答，就被催进了屋，他还锁上了门。

"快保证你不会偷任何书！"

"你把我当什么人了？"

"某个打算在土星偷钻石的人？"她想起他们上次造访遥远未来的经历。

"那不一样。"博士说着，消失在两排书架间。

"我们要找什么？"她在他身后喊道。

"书之类的东西。"

"之类的什么东西?"

"有趣的东西,有用的东西。"

"对啊,这还真是缩小了范围……"她抬头看了看管理员桌上的钟。九点差一刻。比尔摘下自己的手表拧了拧发条。

"你在干什么?"博士从一个书架上探出了脑袋。

"把表调到当地时间,"她调好后把它戴回手腕上,"旅行的头号规则。"

"这是第二条规则。"他又消失了,"头号规则是:永远不要忘记带维恩[1]驱虫剂。"

"不管怎样,我们的时间不多了,"她发现他正在读《帕丁顿熊》,"图书馆10点开门。"

他把书插回书架上,"你怎么知道?"

"门口的牌子上写了。我们可不想撞上生气的图书管理员。"

"胡说。"他的手指从一排排书脊上抚过,"图书管理员都很喜欢我,除了亚历山大图书馆的那位,但那场火灾也不是我的错。至少不完全是。"他在一个书架前停步,抽出一本厚厚的黑色大部头,"找到了。把你的手伸出来。"

"为什么?"

---

[1]. 老版《神秘博士》剧集中的外星生物,形似昆虫。

他一本接一本地把书往她怀里塞,"因为你得拿着这本、这本,加上这本,还有这本!"

"呃,好重啊……"她抱怨着,差点把还在变高的书堆摔到地上。

"不好意思,我来帮你吧。"他从那堆书的顶上抽出一本最薄的小册子,冲到一张阅读桌前,"好了,快来,我们可没有一整天的时间。"

比尔把那些书砰的一声砸到桌上,那一摞书马上就要倒了。

"小心。"他扶住书,以免砸到桌上凭空出现的茶杯。比尔暗自怀疑,博士是从大衣口袋里掏出的杯子,茶碟里还有一块饼干。但她知道,最好别问太多问题。

"所以,我的在哪儿呢?"她问。

"什么?"

她指指茶杯。

"哦,对不起。"他把杯子递给她,"请用。"

比尔不想斗嘴,转眼又见饼干从茶碟里消失了。"那么,我们要找什么?"她只喝了一口,就被茶的甜度吓退了。

"找到的时候我就知道了。"博士的回答毫无用处。他掸去衣领上的饼干屑,然后把一本精装书推给她。

比尔拿起书,读着书脊上的标题,《大地的传说》,作者是艾米莉亚·拉姆福德。她随手翻开,发现有一章是关于巨石阵的,"你的塔迪斯上不是有图书馆吗?"

"那里现在进不去,"博士快速翻着手里的书说,"那些书着魔了。"

比尔笑出了声,"它们怎么了?"

"着魔了。"他重复一遍,仿佛司空见惯,"我上次去那儿时,可怜的海蒂被一本《巴什街儿童》的年鉴给袭击了,那书长出了香蕉那么大的牙齿。"比尔正想问海蒂又是谁,博士啪的一声把他正在看的那一页翻了过去。"啊哈!"

"啊哈什么?"

他把书的封面晃给比尔看了一眼,"《英国神话传说百科全书》,第七版。B-博格特。"

"那个老电影里的家伙[1]?"

博士抬眼看着她,"什么?"

比尔操着一口蹩脚的美国口音说:"再来一遍,山姆。"

他叹了口气,"不是博加特,是博格特。听着……"他翻回那页纸,大声朗读起来,"这是指淘气的小妖怪或小精灵,尤其与兰开夏郡和约克郡有关。"

"啊,对。"比尔想起来了,"《哈利·波特》里也有一个。"

他朝她咧嘴一笑,"你等着看第十部会发生什么吧。罗恩和

---

1. 博格特(Boggart)一词和美国演员博加特(Bogart)的名字十分相似。

赫敏必须找到鸟蛇的鳞片，然后……"

"博士……"

"哦，对，不好意思。所以。博格特就是妖怪（Bogey-Men）这个词的来源，还有臭虫，也是从这个词来的。"

"臭虫巷！"比尔恍然大悟。

他点点头，一边读一边用手指在纸上划过，"这种生物又叫博加斯特、博基布和博戈斯。"

"就像博戈惊吓林！"

"正是。这书里也说，你想吓唬别人的时候会忽然大喊一声'Boo！'，也是这个原因。"

"他们长什么样？"

博士把那一页扫了一遍，"这本没说。艾米莉亚的呢？"

"谁？"她问。

他示意她手里的书。

"哦。"比尔察看索引，找到了关于博格特的条目。她翻到那一页，惊得眉毛都立了起来。

"怎么了？"博士问。

她把书转过来让他看。那是一幅博格特的插图——那家伙又高又瘦，胳膊悬在两侧，头发长而乱，眼睛发出亮光。"看着眼熟吗？"她问。

14. 超地生物

比尔翻着书,一幅幅骇人插图接连出现。"但是,博士,"她说,"小妖怪这种东西……"

博士发出一声哀号,"你不会要跟我来斯科莉[1]那一套吧?"

她皱起鼻头,"谁那一套?"

他操起一口诡异的伦敦腔,连迪克·范·戴克[2]听了都要皱眉:"但是,大博士,小小妖怪不是真的吧,老兄?"

"你觉得我会这么说?"

"我也不知道。"他不客气地说着,推开椅子,从桌边起身,"我还以为你拥有开放的思想呢。"

"我有过啊。我是说,我有。"她站起来说。

博士已经跑到放着本地历史记载的书架旁的电脑前,拿起音速起子冲一个显示器嗡了一下。屏幕拒绝打开,他皱起眉头。

比尔斜靠过去,按下电源按钮。"只是一下子得接受太多东

---
1. 这里指美剧《X档案》的女主角。
2. 美国演员。

西，仅此而已。你也知道……仙子什么的。"

"这也没那么难以置信，不是吗？"他在电脑启动时说，"我的意思是，当我还是时间少主时，我也很难相信人类存在，但是你们就在这儿啊。"

博士打开网络浏览器时，她坐了下来，"这并不是一码事。"

"不是吗？"他转过身来面对她，"你存在，他们也存在。"

"什么？就像叮当小仙子？"

"如果是绿色皮肤、牙齿锋利，还有把玫瑰花瓣塞进受害者喉咙里的坏习惯的家伙，那么是的，就像叮当小仙子一样。"

"那么，他们是外星人？"

他正在搜索框里打字，"不是所有吓人的东西都来自星际。仙子就是地球本土生物，存在的时间和人类一样长，甚至更久。提醒我下次去问问瓦斯特拉，在她那个年代有没有仙子。"

比尔不知道那是谁，但也不想再让博士分心，"但是，如果仙子们在四处飞，我们难道注意不到吗？"

"谁说你们没注意？历史上写满了目击事件。"他点击着搜索结果，"看。"他打开了2014年4月2日的《曼彻斯特晚报》上的一篇报道。"罗森代尔的仙子。"他指着一幅图片，模糊的生物在绿色植物前飞行，每个都有一对小翅膀。"一位来自曼彻斯特大都会区的讲师在散步时拍下了这个。"

"我在新闻上看到过这个。"比尔说，"他们说是蠓之类的小虫子。"

"嗯，他们当然会那么说，不管他们到底是谁。这比另一种解释更容易让人相信。"

"另一种是说，他们是真实存在的。"

博士向后一靠，椅子发出嘎吱的响声。"他们的名字比我换过的脸还多。仙女、仙灵、小仙、俗世仙……"

比尔举手示意博士不用再说了，"我明白了。"

他翻看着自己点开的网页，照片、绘画、漫画和素描逐一出现。"他们是超地生物：和人类生活在一起，但在视野之外。在隐界。"

"那是什么？"

"不是地球的地球。把它想成另一种频率吧，大多数人类察觉不到。"

"就像狗和狗哨。"

他点了点头，"他们在地球上进化，但是和物理定律的关系比较耐人寻味，能做些不太可能的事情。"

"所以说，是魔法？"

"不。根本就没有魔法这种东西，只有不同的规则。"

"我第一次进飞船时，你说过塔迪斯是魔法。"

"我说塔迪斯是超越魔法的科学,这是有区别的。"

比尔看着他继续浏览图片。

"这些超地生物,他们可能在任何地方,而我们却看不见。"

"是的。"

她打了个哆嗦,"这可一点儿也不恐怖。"

"不,这很恐怖。"博士说,"甚至比小丑还糟。"他指了指她身后,"对了,有一个就在你背后。现在。"

她跳转过身,什么也没有。"一点儿也不好笑。"她说。

但他还是咧嘴笑起来,"是不好笑,但原理就是这样。世界刚形成不久时,隐界和实界之间的帷幕很薄,超地生物可以随心所欲地来回穿梭。我们友好的邻居仙子们,他们可会寻欢作乐了。人们看到他们就害怕,这当然是有原因的。因为对他们来说,我们只是玩物而已。"

"但是后来又发生了什么呢?为什么人们再也见不到他们了?"

"哦,你看到了。"

"我看到了?"

"你只是没意识到。那些一闪而过的身影、走廊上的人形,黑暗里四下无人时的声音。鬼魂……不明飞行物……不然你觉得为什么人们总是谈论小绿人?"他重新面向电脑屏幕,"当然,没有以前那么频繁了。仙灵们不太喜欢直线和建筑物。他们更喜欢自然空间和林地。"

"比如博戈惊吓林。"

博士在旁边的书架上又发现了一本书,他转过椅子去拿了过来。"本地历史……"他回到电脑前。书封上有一张地图,是一个树林边的小村庄。"很久以前还没被城市吞并的哈肯索尔村。"他翻了几页,找到感兴趣的段落,"村里大部分门都是用花楸树的木头做的。有意思。"

"为什么?"

"就传统而言,花楸树能用来保护人类不受仙子侵扰。过去的习俗是在衣服口袋里放一个用红绳子捆起来的花楸十字架。花楸的小果子上甚至还有个星形,由五个尖角组成。"他展示了屏幕上的一张图片。

"这像个五角星。"比尔说。

"这就是个五角星。"博士确证道,"当超地生物从大自然中汲取能量时,花楸就形成了某种自然防御。他们不能像穿过其他木头那样穿过它。"

"所以人们用花楸做门。"

博士在书里又找到一段。"你看这儿:'根据传说,哈肯索尔几百年来一直是博格特和小妖怪的温床。他们在夜里闯入民宅,用隐形的爪子抓床单,把架子上的东西撞落……'"

比尔从他的肩膀后面探出脑袋，念道："在一个万里无云的日子，圣巴塞洛缪教堂的院墙内遭遇了一场大冰雹。"

博士表情沉重，"他们一定是降低了自己的灵能防御级别。"

"所以，这是之前袭击了塔迪斯的东西吗？一个博格特？"

"也许那是我们在树林里看到的东西。"

"但是，村民们做了什么？"比尔问，"在那个时候？"

博士在书上寻找答案，"有一份1654年的报告，一位寻仙者来到了村庄。"

"这是好事还是坏事？"

"这取决于你是哪一边的。寻仙者类似那个时代的害虫防治员。他们把仙灵捆起来，深埋地下。"

"那起到作用了吗？"

博士抬头看着她，不明白她的意思。

"寻仙者，他赶走博格特了吗？"

"这里没说。"他把书放在一边，回到电脑前，指着比尔面前的屏幕，"夏洛特说，闪灵人第一次出现就在这附近。看看你能找到什么吧，报纸报道、采访之类。"他回头瞥了一眼时钟，"而且要快。我可不想验证我关于图书馆员的理论。"

比尔照做，手指飞快地操作电脑，开始搜索：闪灵人、哈肯索尔。

她点击了"搜索",惊讶地看到夏洛特微笑的脸从视频缩略图中跳出来。她点击了视频网站上的链接,读了介绍,心里一沉。"呃,博士……"

他转身看到了夏洛特,"啊,说曹操曹操到。你还等什么?点击播放。"

他不会喜欢这个的,比尔心想。她往后坐了一点儿,等着他暴怒。

夏洛特出现在屏幕上,她走在臭虫巷里,开始对镜头说话:"嘿,朋友们。我现在就在曼彻斯特附近的哈肯索尔,这就是整个闪灵人现象开始的地方。昨天我看到了闪灵人。事实上,我看到了很多,不是一个,不是两个,而是一大群,就在这附近的博戈惊吓林。"

"她挺在行的。"博士评论道,"也挺上相。"

比尔闭上眼睛,等待着不可避免的结果。

夏洛特愈发激动地继续道:"我拍到了那一切。就在树林里。闪灵人,甚至还有可以佐证我的故事的目击者。"

博士的脸上闪过一丝坏笑。

"但我弄丢了所有画面。它们不见了,被某个我信任的人删除了。他还说他会帮我呢。"

比尔扬起眉毛,"博士,你没有吧?"

"没有什么?"

"别跟我装无辜。你删掉了她的手机数据。就在停车场,你说要给她档案的时候。"

他努力装出无辜的样子,"谁?我吗?"

比尔暂停了视频,"你为什么要那么做?为什么要毁了她的东西?"

现在他看上去严肃了起来,"为什么?因为像博格特这样的超地生物,会在恐惧中滋长。强烈的情感能削弱实界和隐界之间的帷幕,他们可以利用这些情感,从自己的世界钻到我们的世界来。你也听到斯科菲尔德警官是怎么说的了,人们已经很害怕了,而一个拍摄了我们林中见闻的视频会怎样呢?会在几秒钟内疯传开来,一次次播放,一个个点赞,恐惧随之扩散。害怕的人越多,博格特发动攻击就越容易。"

"他们这是在攻击?"

博士掰起手指,"消失的人们,离奇的幻影,不自然的风暴,在我看来就是攻击。比尔,你难道不明白吗?我必须阻止她。"

她很不自在地在椅子上调整了一下姿势,咬着嘴唇说:"我想你没有成功。"

博士的脸一沉,"你这话是什么意思?"

比尔继续播放视频,夏洛特又动了起来。"他不想让任何人看到我的录像,看到真相。"她绽开笑容,"但那没有关系,因为真相总会大白。"

画面切换到模糊的夜视镜头，展示出绿黑相间的博戈惊吓林。夏洛特在林中奔跑，奔向博士耳熟的呼啸声，那声音仿佛整个宇宙正在撕裂。

她把镜头拉近，对准了空地中央的警亭，它的窗户在黑暗中闪闪发亮。

"但这不可能……"博士喃喃自语。

"他删除了我手机里的数据。"夏洛特继续说道。视频里的她正想方设法打开塔迪斯的门，"但我拍的所有东西都会自动备份到云端，包括他的脸。"

门被拉开了，博士气呼呼地从盒子里往外看，镜头定格在他的脸上。

"这是博士。"夏洛特说，"如果你们想知道他到底想要毁掉什么，给这个视频点赞，我明天就发布后面的视频。"

"不行！"博士从座位上一跃而起，"她不能这么做。"

"她基本上已经这么做了。"

"她把我放到网上了，"博士语无伦次起来，"没人能把我放到网上。"他拿出音速起子扫向电脑。

"现在你又在干什么？"比尔问。

"清除浏览器历史记录。我们得阻止她。"

他走向大门，刚打开门，就把一个穿着厚外套的女人吓了一跳。"你……你是谁?"她结结巴巴地问道,"你在里面干什么?"

博士把一根手指放在嘴唇上,嘘了一声,然后跑到了大街上,"小点儿声,这里可是图书馆!"

15. 升　级

夏洛特的智能手机嗡嗡作响，屏幕上闪过一条通知："恭喜！你的视频播放量已经超过8000。继续努力。"

别担心，我会的。夏洛特边想，边打开一桶芝士香葱味的品客薯片来庆祝。这是冠军的早餐。她抬头瞥了一眼放在维尔玛橱柜上的笔记本电脑屏幕。仅在上一分钟，就有四百人观看了这段视频。这就对了！英国密姐真的火遍全网了，这都要感谢博士。

她微笑着想象他看到视频时的表情。这会给他一个教训的。人们不可以随便消除别人手机里的内容，就算是UNIT的人也不行。

无论如何，她才是笑到最后的那个人。

评论在视频的下方不断涌现，包括一些业内最著名的神秘动物学家，那些她久仰大名的人。他们对这段视频赞不绝口，提了些问题，而最重要的是，他们还在推测她为下一个视频日志准备了什么好货。

忽然之间，过去二十四小时里的一切都值了。不管是浑身湿透地在树林里行动,还是被吓得失去理智。今天就是英国密姐升级的一天。今天,人们终于开始把她当回事了。

嗯,至少大多数人如此。

一条新评论出现了,留言者的名字再熟悉不过——"雪怪猎人1997"。

那家伙是个混蛋。每个人都知道,但他们还是会看看他说了什么,即使他的话基本都是恶意中伤。她在聚会上见过他一次,他本人跟网上的形象截然不同。"雪怪猎人1997"在线下只是没用的草包,甚至无法跟别人进行正常的眼神交流。

这人只敢龟缩在卧室里,用鼠标当武器进行人身攻击。他配备了人体工学键盘,却毫无自知之明,"雪怪猎人1997"每天最开心的事,莫过于在他的众多观点里挑一个,把别人喷到放弃为止。

这个早上也不例外,夏洛特又咬了一大口薯片,用鼠标继续往下翻。

新评论:@雪怪猎人1997 —— 27秒之前

哼,显然是假的。她啥都没有,而且她自己心里门儿清。还是下次好运吧,小丫头。#差劲

话题标签后面还有一串滚来滚去、歇斯底里嘲笑的表情。

"不要理他。"夏洛特大声说,"不要跟他浪费口舌。"话虽这么说,她也知道自己无法忍受让对方说了算。她从橱柜上抓过笔记本电脑,心里已经打好了草稿,这份回复要把他的自尊心打击得血流成河。夏洛特暗自发笑,开始打字:嘿,怂包,你为什么不行行好,来……

"不要啊!"夏洛特还没有敲完,光标就忽然变成了讨厌的旋转球。

她点击 Wi-Fi 图标,信号完全消失了。事实上,臭虫巷里所有网络(安全的、不安全的)都消失了。是不是停电了?

她伸手去拉窗帘,车忽然晃动起来。

"喂!"

车又晃起来了,这次更剧烈一些。她从座位上被颠起来,笔记本电脑从膝盖滑到地板上。她一边骂一边伸手稳住自己。维尔玛前后摇晃,悬架嘎吱作响。外面有人。夏洛特闪过一个疯狂的念头——那个袭击过比尔的混混来报复了,但他还被关着呢,不是吗?

晃动愈发剧烈。她向前栽倒,趴在笔记本电脑旁,"省省吧!你以为你在干什么?"门哐当直响,锁还坚守着。她一把拽开窗帘想看看外面是谁,却尖叫一声退了回来,一脚把电脑屏幕踩得粉碎。

窗帘落了回去,但那张脸仍在她脑海中挥之不去。咆哮的嘴，弯曲的鼻子，燃烧的双眼。那一定只是面具。是的，仅此而已。是小孩子们想要吓唬她。恭喜。他们的目的达到了。

她的手机从橱柜里摔出来。她抓起它，试着拨打 999。没信号。该死！

她又被甩到橱柜上，压碎了薄薄的木板。"住手！"她喊道，并不指望得到回应。然而，她却听到了回应。一个她从没听过的刺耳声音问道："迷失者在哪儿？在哪儿？"

有什么东西在外面刮擦着车身、窗户和门。她竭力说服自己，那是钥匙干的，但她知道那不是。

她用颤抖的双手举起手机。她也许无法打电话求助，但可以记录发生了什么。她点了一下相机，蓝色的火花从屏幕上迸射出来。她惊呼一声，把手机扔到了车的另一头。

维尔玛整个弹了起来，像被从地上举起来又砸下去。他们这是要把她翻个底朝天。世界天旋地转，夏洛特蜷成一团，紧闭双眼。电脑破碎的屏幕在完全熄灭前闪了一下，键盘也冒出白烟。车门上的扩音器里突然传出静电干扰声，收音机也自己打开了，发出白噪音。

然后，一道耀眼的光芒射进窗户，她闭着眼睛都能感到它灼人的亮度。

夏洛特自己的尖叫声加入了那片嘈杂中。忽然，所有声音戛然而止，一切都停了——外面的嘶嘶呼唤声，尖东西在金属上的刮擦声，甚至连晃动都停了。车里唯一能听到的，是夏洛特自己惊慌失措的喘息。

她睁开眼睛看看四周，阳光透过薄薄的窗帘照进来。但这其中有什么不对，过了一会儿她才意识到是怎么回事。

这光并非潮湿的十月清晨的暗淡阳光。它温暖而明亮，仿佛来自夏季的大中午。她缩成一团，仔细听着。没有车辆的声音，隔壁那条马路上的小汽车和大卡车的隆隆声也不在了。相反，夏洛特听到了上千只小鸟的啁啾声。她一点也没有夸大其词。即使是她小时候跟爸爸去动物园的鸟舍时，都没听到过这么多鸟叫。她不喜欢跟鸟儿们关在一起，与叽喳声和扇翅声为伴。但是，和此时外面的声音相比，鸟舍简直是小巫见大巫。现在她被这片声音淹没，其他的什么也听不到了。

夏洛特伸开双腿，从地板上撑起来。她想拉开窗帘，又停住了。她在怕什么呢？她觉得自己会看到什么？这太可笑了。没什么好怕的。只是一群戴着愚蠢面具的小孩子在恶作剧罢了。夏洛特还没来得及改变主意，就推开了门。

她从车里跳了出来。她的运动鞋并没有踩在坚硬的石板路上，而是陷进了松软的泥土里。她失去重心向后一倒，头重重地撞在维尔玛的门上。她在十分钟内第二次爆粗口，仰躺着揉揉疼痛的后脑勺。空气温暖而亲密，她的衣服紧贴着皮肤。

夏洛特睁开眼睛，环顾四周，再次尖叫起来。

16. 半辈子

"咱们先喝一杯吧,我都要喘不过气了。"

罗布起身揉揉酸疼的后背。露台的门框终于装好了,这真是个棘手的活儿。经过这么多折腾,那位烦人的夫人最好别再改变主意了。他伸个懒腰走进厨房,蒂姆正在烧水,收音机里传出混合甜心乐队的最新热门歌曲。

"把那玩意儿关掉,行不?"

蒂姆咧嘴一笑,露出不太整齐的牙,"你喜欢她们啊。"

罗布没有心情插科打诨,"关掉,听见了吗?吵得我头疼。"

"好吧。"蒂姆关掉了收音机。

这就好了。好多了。

"楼上进展如何了?"罗布问。

水壶响了一声并自动断电,蒂姆把热气腾腾的水倒进两个杯子里,茶袋浮在水面上。"达雷尔快把前面卧室的地板铺好了,还在抱怨他很冷。"

"可怜的小东西。我们得给他拿个热水瓶。"

蒂姆嗤笑一声,递过去一只印着红魔[1]的杯子,"给你。"

"你还乐在其中呢,是不是?"罗布拒绝了那杯茶,"你想让我把这杯子砸了吗?"

"你下周可以来老特拉福德球场,"蒂姆笑着递过另一只杯子,"见识一次真正的足球。"

罗布拿起杯子,吹了吹里面浑浊的棕色液体,"想得美。另外,如果要按马特的想法来,从现在起到12月1日,我们每个小时都得干活。"他抿了一口茶,"还是不知道他去哪儿了。"

"反正他不在这儿。"蒂姆从红魔杯子里喝了一口,"这就够了。"

罗布哼了一声,"你不像看上去那么笨嘛。"

他们身后传来一声大喊,紧接着是一声闷响。"达雷尔?"罗布转身喊道,"是你吗?"

"这是个啥?"楼上响起达雷尔的喊声,那带着浓重的利物浦口音的不是他还能是谁呢?

罗布和蒂姆交换了一个眼色,走向走廊。刚才的动静是从哪儿传来的?他走进客厅,差点儿把茶杯摔到地上。

"怎么了?"蒂姆跟着他进了房间。

"拿着这个。"罗布把杯子塞到蒂姆手里。滚烫的茶水溅到

---

1. 英国曼联足球俱乐部绰号与吉祥物。

蒂姆的手指上,"啊!当心点儿喂!"

罗布没有道歉,而是跑向一个瘫倒在露台门边的人,那人五分钟前还不在这里。

他穿的外套和哈罗德·马特早上穿的那件一样,但那单薄的躯体上的衣服破烂不堪。罗布看得出那是个男人,但对方那头银发又长又乱。罗布弯下腰,轻轻地把他翻过来,让他仰躺着。

"你没事吧,朋友?你能听到……"他的话在喉咙里哽住了。

"那是马特吗?"蒂姆盯着那人的脸,把茶洒得满地都是,"他怎么了?"

"我完全不知道。"罗布从工具箱里掏出手机,打了999。

电话几乎立刻就接通了,一个女人的声音问他需要什么。"救护车吧。"他回答,"这很难说。"

在不远的地方,比尔正努力跟上博士的步伐。他在商业街上大步流星地走着,脸上的表情就像几场雷暴撞到了一起。

"把我放到网上,我会好好教训她的!"他咆哮着。

"我想她已经受教了。"比尔竭力平息他的怒火。但是,没用。事实上,他的愤怒似乎还加重了好几吨。

"未解之谜之所以一直未解,是有原因的。人们不需要弄明白。他们不需要知道某种恐怖生物就在他们的眼皮子底下潜伏。那应该留给像我这样的人去对付。秘密进行,远离聚光灯。你还没反应过来,马上就有好事者了,而水果蛋糕们……"

"那是专门术语,对吧?"

"是的。"博士继续说,"那些自认为很想看怪物,最后却被怪物吞掉的人。然后,真正麻烦的就来了。很快,他们就会需要救援,还想要自拍……"

"自拍?跟你合影的自拍?"

他瞪了她一眼,凶得足以引发里氏9.9级的地震,"为什么不是跟我?人们知道我……那些本不该知道的人。"

"我简直不敢相信。"

"那些花太多时间在论坛上讨论阴谋论和约会纠纷的人。"

"水果蛋糕们。"

"完全正确。"

他们转向布朗尼山,臭虫巷就在前方不远处。一辆救护车停在建筑工地外面。

"那边出什么事了?"比尔问。

"不关我们的事。"博士说。一辆警车飞驰而过,呼啸声很快变成刺耳的急刹,停在救护车旁。警车的门开后,司机下了车,帽子遮住了她整洁的金发。

"是斯科菲尔德警官。"比尔话音未落,博士已经掉转方向朝救护车那边冲去。比尔等面前一辆车先开过去,才上前追他,"你不是说这不关我们的事吗?"

"警官可能需要我们帮忙。"博士回头喊,放慢脚步变成步行,以免直接跑过去看起来太心急。

"是啊,好主意。"比尔说。这时他们已经走进了一片泥地,那儿将来会成为车道。"我不想让自己看起来像个好事者,"她凑近博士低声说,"现在找水果蛋糕有点晚了。"

一个戴着安全帽、穿着曼联队帽衫、满脸痘痘的建筑工人拦住了他们的去路,"对不起,你们不能进来。"

"健康和安全检查处,"博士说着,摘下那人的头盔戴到自己头上,"这很明智。"他跳上一排木板,它们搭起了通往房子的通道。"来吧,比尔。我们在里面给你找一顶安全帽。"

建筑工人还没反应过来,他俩就冲进了屋里。博士把隔离带扯开让比尔进来。他一进去就发现了一堆安全帽,于是像考文特花园广场的杂耍艺人那样,灵巧地踢起一个,伸手接住。他把安全帽递给比尔,追着斯科菲尔德的声音去了。

他们在一间拥挤的后屋里找到了她。"你们在这儿干什么?"她本来在跟另一个建筑工人说话,此人比门口那个孩子年长,四十多岁,穿着T恤、羊毛背心和牛仔裤。

"来协助调查。"博士回答。他没有看警官,而是注视着把老人抬上担架的医护人员,"不用客气。"

"不好意思,这些人是谁?"建筑工人问,"他们是跟你一起的吗?"

博士回答"是"的同时,斯科菲尔德说"不是。"博士看起来很受伤,"警官,我们都一起经历了那么多了。"

斯科菲尔德站在露台的门边朝花园里喊:"特曼警官?"

前夜出现过的那位魁梧的男警官出现在门口。

"啊,又见面了。"博士说。

"一切都好吗?"特曼问道。

斯科菲尔德冲他匆匆一笑,"你能护送博士和波茨小姐到外面去吗?一定要提醒他们,干涉警方工作的后果很严重。"

就算博士听到了威胁,他也没有当回事。相反,他指着担架上的人问:"他出了什么事?"

"好问题。"建筑工头喃喃地说。

"你认识他吗?"博士问。

"你不必回答他的问题,霍克先生。"斯科菲尔德说。

"没错。"博士表示同意,"但是回答一下可以节省大家的时间。他是谁?一个流浪汉吗?"

"并不是。"罗布回答,"他是这地方的房主,或者说等这地方建好了,他就是房主。"

"他是这儿的房主?"博士愣了一会儿,"你看到他的牛仔裤了吗?那上面的洞比瑞士奶酪上的洞还多。他是什么人?某个古怪的百万富翁?"

"先生,请跟我来。"特曼坚持道,"你得出去。"

"好的，好的，我会的。"博士说，"请再给我一分钟。我只是觉得，这实在是太有趣了。"他突然转向比尔，"你也很感兴趣，是不是，比尔？"

比尔因为突然被拉进谈话而吓了一跳，但她马上意识到这是博士的拖延战术，就附和道："是啊，绝对的。不可自拔。"

建筑工头搔了搔后脑勺，"上一分钟他还在那儿，下一分钟他就不见了。一道光闪过，他就消失了。"

"这是什么时候的事？"博士问。

"几个小时以前。大概三小时吧。他是来检查工作进度的……"

"然后他消失了，直到什么时候才重新出现的？霍克先生，请您准确地告诉我，他是什么时候回来的，这一点至关重要。"

"罗布。"建筑工人说，让大家都愣了一下，"请叫我罗布，霍克先生听起来像在叫我爸爸。"

"那么，罗布，"博士说，"我再重复一下我的问题……"

罗布耸耸肩，"半小时以前？"

博士的注意力转向医护人员，"他现在什么情况？"

"他心脏病发作了。"个子较小、有一头火红头发的女人回答，"我们必须把他抬上救护车了。"她向同事点点头，对方是个戴眼镜的亚裔男子，留着整洁的胡子。"数三下一起抬。一……二……三！"

他们熟练地抬起担架,把折叠式滚轮撑起来,以便将他推出大楼。

博士抽了抽鼻子,像在品酒一样。

"你感冒了吗?"斯科菲尔德问。

"他叫什么名字?"他用另一个问题回答她的问题。

"哈罗德·马特。"

博士向比尔伸出手,"我能借用一下你的手机吗?"

她从口袋里掏出手机,"当然可以。你要干啥?"

"我想用你的社交账号发些尬闻。"他一边输入她的解锁码一边说。

"喂,你怎么知道我的解锁码?"

"你妈妈的生日。"

"这可是隐私。"

"嗯,抱歉。你可能得换个新的了。"

比尔从他的胳膊后面窥探。他在搜索引擎里输入了马特的名字,搜索结果,点开了第三个,又把手机塞回比尔手里。

"请让开。"红发医护人员说,博士往后站了站。当担架缓缓经过时,比尔的目光从她的手机屏幕上移到哈罗德·马特的脸上。"这可不对啊。"

"什么不对?"斯科菲尔德问她。

"他老了……"比尔说,"真的老了,比博士还老。"

"说话注意点儿。"博士警告道。

"但我是说,你看……"她举起博士找到的网页。画面上,本地商人哈罗德·马特在某场高级晚宴上领奖。他四十出头,皮肤在晚礼服的映衬下显得有些苍白,但依然有一张传统意义上英俊的脸,黑色的头发也向后梳得很有型。

躺在担架上的哈罗德·马特则有一张粗糙的深褐色脸,像在户外奔波了一辈子似的。他的头发长而灰白,一度棱角分明的下巴上生着又长又乱的胡子。

"是的,这就是他今天早上的样子。"罗布指着手机屏幕上的照片说。

"今天早上?"博士大叫着冲出房间,"我就知道。"

"知道什么?"斯科菲尔德在他身后喊,"博士,回来!"

他在前门停步,把安全帽扔回堆里,"一会儿让我出去,一会儿又让我回来。你真的需要先想清楚你到底要什么啊。"

担架的轮子卡在了一块木板上。

"来,我来帮忙。"博士伸手去抓担架,"人多好办事。"

"我们没问题,先生。"女医护人员说,"谢谢。"

"我知道。"博士仔细端详着马特憔悴的脸,"但他就不同了。"

比尔穿过隔离带加入他们,"他怎么了?"

"老了。"博士回答。

"什么？两小时老了五十岁？"

博士耸耸肩，"不是每个人都能像我一样优雅地变老的。"

"先生，拜托。"医护人员说。"请别挡路。"

"对不起，好的。"博士从木板上下来，踩进了泥里。

医护人员把担架推上去，轮子在两截木板的连接处颠簸了一下。马特透过氧气面罩呻吟着。

"他醒了！"比尔说。

博士跳回木板，一把抓住担架的边缘。他斜靠在老人身边，匆匆对他耳语："你看到了什么，哈罗德？你去了哪儿？"

那人充血的眼睛在眼眶里打转，"颜色。"他喘息着。

"颜色怎么了？"

女医护人员向警察求助，"能过来帮帮忙吗？"

"没必要了。"博士又走开了，"你们走吧。把他送到医院去，这对他有好处。"

"那是什么意思？"比尔问。

"问得好。"斯科菲尔德从屋里走出来，"博士？"

博士用那种洞悉厄运的眼神盯着警官，"他的时间快到了。我能闻到。"

"闻到什么？"

"耗尽了的生命。哈罗德·马特一上午就活过了七十年。难怪他的心碎了。"

17. 时间之缝

博士冲回房里，在走廊上找到罗布，"原来你在这儿。告诉我，哈罗德是从哪里消失的？"

建筑工头摇摇脑袋，"我不知道。我去给他拿安全帽了，回到客厅时……"

"发现里面空无一人。带我去看看。"

"等等，"斯科菲尔德警官推开隔离带，"你在这儿做什么调查？"

博士走到她身边，"警官，你在今天之前见过马特先生吗？"

斯科菲尔德叹了口气，她已经习惯了博士的不按常理出牌，"是的。一两个月以前，有人闯进了他的仓库。"

博士把隔离带扯到一边，指着救护车后面的担架，"那时他长得像那个老人吗？"

"不。"她承认道，"那不是哈罗德·马特。不可能。"

"看起来像他。"比尔说，"好吧，多少有点像。"

斯科菲尔德快忍不住了，"但那个人肯定有九十岁了。"

"不止。"博士说,"但他今天早上醒来时还没这么老。"

"人们不会一眨眼就变这么老的。"

"但他确实就这样变老了。"博士拿出一只黑色的皮夹,上面的皮革脆裂了不少。

"这是什么?"斯科菲尔德问。

"证据,"博士告诉她,"在马特被送上救护车之前,我从他那里拿到的。"

"你偷了一个躺在担架上的人的钱包?"比尔问,"真不愧是你。"

"你怎么能做出这种事?"斯科菲尔德一脸难以置信。

"他被固定住了,"博士解释道,"他们动个不停时,我还真不太好下手。"

比尔很想踹他一脚。现在绝不是挑衅的时候,但博士就是忍不住。

斯科菲尔德从他手里夺过钱包,"我可以逮捕你。"

"但你不会的。你先看一眼里面的东西吧。"

警官打开钱包,察看里面的东西,"现金……信用卡……"

"卡上是谁的名字?"博士问。

斯科菲尔德叹了口气,"H. 马特。"

"有照片吗?"

"你知道里面有。"

"给我看看。"

她举起钱包展示。那是一张假日快照,一个四口之家在闪闪发光的白色沙滩上,享受快乐时光。错不了,照片上的人就是哈罗德·马特,那时还年轻的哈罗德·马特。

"这就是你几个星期前遇到的那人,对吧,警官?"

"是的。"斯科菲尔德咬牙切齿地承认。

"跟刚才被推上救护车的是同一个人。"他摇了摇头,"没有人怪你。"

"你说什么?"她气势汹汹地说。

他看着她,眼神温和而坚定,"遇到这种事,你会招架不住,但我不会。我每天都在面对这种问题。我知道我在说什么。"

斯科菲尔德转向比尔,"真的吗?他知道吗?"

比尔看看博士,又看看警官,"这有时是有点难以置信,但他确实知道。"

斯科菲尔德举起一只手,比尔不知道她是表示投降还是示意时间。"五分钟,"她给博士让出路,"你只有这么多时间。如果再多待一秒钟,我就会想起你是怎么弄到这个钱包的。"

"谢谢。"他说,然后请罗布把他们带到后面的房间去。

"所以你并没有真的看到他消失。"他们一进屋,博士就问。

"没有,我们在走廊里。"

"你当时有没有什么感觉?"

罗布皱起了眉头,"什么意思?"

"你那时感觉如何?紧张吗?害怕吗?有没有好像不能动弹了一样?"

建筑工头摇了摇头,"不,没有。我们只是很疑惑,不知道他去哪里了。"

博士走到露台的窗前,"这就是他重新出现的地方吗?"他指着混凝土地面问,"这里。"

"是的。他脸朝下趴着。"

"我再确认一遍,你当时一点儿也不害怕,没有恐惧或惊慌,没有想拉肚子的冲动。"

罗布向比尔求助,"他说话总是这样莫名其妙的吗?"

她点了点头,"只怕是的。"

罗布低头看着地板,回想那一刻,"我们很惊讶。我是说,你也看到他了……"

"但你不害怕吗?"

"不怕。"

博士蹲下来,用手摸着混凝土,"还有两个问题。这个地板你们什么时候弄的?"

"上周刚开始的时候。"

博士从口袋里掏出音速起子,用它照亮了一个直径大约一米的大圆圈。它刻在地面上,就像是有人用刀在混凝土上弄出来的一样。"那这个呢?你们在今天之前看到过吗?"

罗布在博士身边蹲下来,摸索着凹痕,"之前肯定没有。这个地板是我亲自磨平的。"

博士用起子指向房间的另一头,"那边还有一个,可能是马特消失的地方。"

"这些是什么?"比尔边问,边弯下身去仔细看了看。

博士站了起来,一边用音速起子轻敲自己的嘴唇,一边解释:"人们通常在树林里发现它们:草地上的一圈蘑菇,或无法生长东西的焦土。在法国,人们叫它'巫师环',在德国叫'女巫圈'。在这里,它们被称为'精灵或小妖怪的戒指'。"

"小妖怪?"比尔问,"就像博格特?"

"博格特是什么?"斯科菲尔德站在门口问。

博士没有看她,只是对她举起一根手指头,"有问题请一个个来,警官。别忘了,我的时间可是很紧的。"他转向比尔,"早在寻仙者的时代,哈肯索尔村的居民就相信,那些圈是仙灵和巫师们路过时嬉戏留下的。"

"真是这样吗?"

"什么?"斯科菲尔德在他们身后似笑非笑地问。

"不完全是。"博士不理她,接着说,"精灵环就像火箭发射场的焦痕,是帷幕入口开启后留下的东西。"

"在隐界和实界之间。"比尔明白了。

站在他们身边的罗布·霍克转向斯科菲尔德,"不好意思,这家伙脑子有毛病吗?他在说什么?"

博士抓过比尔的胳膊,瞥了一眼她的手表,"对不起,我很乐意解释,但我的时间到了。"

"你的时间?"斯科菲尔德问。

博士无视其他人的目瞪口呆,径直带比尔走出了门,"五分钟,这是你给我的时间。但是,你相信不,我已经啰唆了六分二十三秒了。真是令人震惊。"他回头喊了一声,"不用送了,我自己会走的。"

斯科菲尔德想去把他叫回来,但罗布拦住了她,他想知道自己现在该怎么办,是继续干活,还是收工回家?博士利用警察分神的这几分钟,和比尔走过木板,下了布朗尼山。

"博士,慢一点儿。"比尔追着他说。

"我不能。"他答道,"情况很糟,比我想的还糟。"

她抓住他的胳膊,把他拉住,"怎么个还要糟法?"

"你刚才听到他说话了,对不对?工头罗布说的。"

"对,但是……"

"但是你没听进去。他不害怕。当哈罗德·马特被拖进精灵环的时候,罗布一点儿都没腿软。现在回想一下,在树林里跟闪灵人面对面时,你是什么感觉?你吓得魂不附体了。"

"是的,你知道的。"

"没错。那种排山倒海的焦虑,全身瘫痪的感觉……此外,树林中理应也有精灵环。"

"怎么?"

"但是当时并没有。那些闪灵人突然出现在树林里时,地面上没有任何标记。没有精灵环,没有通道入口。你的结论是?"

比尔睁大眼睛,恍然大悟,"闪灵人并不是博格特。"

"正中红心。"他给了她一个特别的微笑,那是她回答正确时才能赢得的专属笑容。不过这次,他的骄傲中带着自责,"我以为自己全都弄明白了,闪灵人就是闯入这里的博格特。但是万一我错了呢?"

"我以为你从来不会错?"比尔想开个玩笑让他好受些。

可那没用。"每个人都会偶尔犯错。"他厉声说,"犯错是把事情做对的第一步。只要还来得及。"

"这听起来可不妙。"

"本来就不妙。几股不同的力量在场,如果我们不小心,可能殃及整个地区,甚至连累全世界。"

"所以,如果带走马特的不是闪灵人,那会是谁呢?为什么他看上去那么老?"

"时间是个有趣的东西。"博士搓搓手,"取决于你处在什么位置,它并不总是遵循相同的规则。仙子和博格特这样的超地生物生活在一个完全不同的存在面上。"

"比如一个不同的维度。"

"更像是一条不同的缝隙,与我们自己的缝隙并行。"

"时间在那边的运作方式也不同?"

"我们这里的一分钟,在他们那里可能是一年,甚至更久。如果马特是被带入了隐界……"

"他在仙子的世界里度过了余生,好几十年……"

"而这里才过了一个小时左右。"

"妈妈也这样了吗?"一个声音从后面传来。

他们转过身,见玛茜和诺亚抬头望着他们,眼里噙着泪水。

"她被仙子们带走了吗?"

18. 线　索

博士蹲下来,双手轻轻放在孩子们的肩上,"你们听了多久？"

"够久了。"玛茜退后一步,甩掉博士的手,"就是这样,对不对？"

"你们的妈妈掉进了时间的缝隙？"

她直直地盯着他,点点头。

"我觉得她没有。"博士扫了一眼她的身后,见警察和建筑工人们都从马特的房子里出来了。"来吧。"他起身伸出手。孩子们牵着他的手,由他领着穿过马路,回到了臭虫巷。

"我们要去哪儿？"比尔问。

"远离斯科菲尔德和特曼警官。我自己的问题已经够多了,不想再去应付他们的问题了。这儿应该够远了。"

他坐在霍兰德家两户之外的花园矮墙上,拍了拍身边让孩子们也坐过来。诺亚照办了,但玛茜仍然站着不动,双手还插在牛仔裤口袋里。

比尔扫了一眼小巷想找维尔玛,但是四下没有露营车的影子。

也许夏洛特不想让博士知道自己在哪儿,这是明智之举。尽管博士此刻的注意力都在萨米·霍兰德的儿子身上。

"诺亚,"他温柔地说,"你那个不是梦的梦……"

"那个怎么了?"玛茜凌厉地替弟弟发言道。

博士凝视着小男孩,历经沧桑的眼中充满真挚的同情。他继续说:"你们的妈妈,她并不是真的在那儿。"

"我还以为你相信我呢。"诺亚呜咽起来,眼里再度充满泪水。

"我相信你。"博士赶紧说,"你看到了她,但那不是她的身体,而是她的意识。"

"这是什么意思?"

"你妈妈从她所在的地方联系了你。"

"就像灵魂出窍一样。"比尔解释。

博士抬头看了她一眼,惊讶而赏识,"对,完全正确。"

她耸耸肩,不好意思地笑了笑,"《奇异博士》,你应该去看看。挺不错的。"

"是的。"玛茜也勉强同意。

博士扬起眉毛。"既然这样,我会去看的。玛茜·霍兰德的赞赏可非常难得。"

女孩用头发遮住了脸,强忍住不笑出来。

"现在,"博士接着说,"再跟我说说诺亚房间里的脚印吧。你俩都看到了。"

玛茜点点头,"还有叶子。"

"是什么叶子?"

"我想是橡树。"诺亚揉着眼睛说。

博士点头思考着这一切。"脚印和树叶其实都不在那里,这一点理解起来比较困难。它们不是真的,是……她呼救的回音,随时间消逝了。"

"所以你带我们回家时,那些都不见了。"玛茜说。

"不过,当我舔地毯的时候,还能尝到味道。"

诺亚皱起了鼻子,"好恶心。"

"可不是。"博士戳了戳诺亚的小肚子,逗得他咯咯笑,"有个人该好好洗洗脚。"

比尔还在竭力理解这一切,"所以他们的妈妈是怎么回事?在从隐界呼唤他们吗?"

"你之前也说过这个。"玛茜插嘴问,"这是什么?"

"隐界?"博士回答,"一个与我们完全不同的世界。"

"仙境。"诺亚说。

"类似吧,但我想也不完全是这样。我不确定一个人类的呼喊能否穿透隔开两个世界的帷幕。"

"你也不知道吗?"玛茜问。

"不能指望我什么都知道啊。没有人是无所不知的。"

"外婆就是。"诺亚说。

博士忖度片刻，"嗯，可不是。无论如何，不管你们的妈妈在哪儿，她都跟闪灵人在一起。"

"他抓走了妈妈，"诺亚说，"把她拖进了洞里。"

"还留下了一片橡树叶。"博士从大衣里掏出一个小本子，"你能帮我画一下吗？"

"那片树叶？"诺亚问。

"对。我的铅笔呢……"博士拍了拍口袋，然后从诺亚的耳朵后面变出一支短粗的黄色铅笔，"啊，在这里！"

诺亚咯咯笑着，拿起笔记本和铅笔。他跪在地上，把本子贴着矮墙开始画。博士朝比尔眨了眨眼。诺亚先画了一条长长的茎，然后在两侧添上一对对椭圆形的窄叶片。"好了。"他把笔记本递给博士。

"这就是你也看到的叶子？"博士把那幅画拿给玛茜看。

她点了点头，"是的，差不多。但它不是绿色的。"

"对。它看上去像是死了。"诺亚说，"都卷起来了，成棕色的了。"

"你怎么想？"博士把笔记本转向比尔。

她真的不知道该说什么，"画得很好。"

"是的。"博士赞同，仔细研究起那幅画，"画得非常好。诺亚，你很有天赋。不过如果我是你，我会先复习一下植物学。"

"为什么？"诺亚皱着眉头问。

博士再次举起笔记本,"因为这不是一片橡树叶。它要么是被烧过,但更有可能是……"

"花楸!"比尔兴奋地插嘴,"这是花楸树叶,对不对?"

"有什么区别吗?"玛茜问。

"博士告诉了我所有关于花楸树的事。"比尔对她说,"花楸树的木头可以干扰仙子的魔法……"

"仙子的科学。"博士纠正。

"随你怎么叫。那是一种自然防御,能让世界保持正常。"

"但这和妈妈有什么关系?"诺亚问。

"这是条线索,"博士说,"你读过夏洛克·福尔摩斯的故事吧?"

"电视上的那个人吗?"

"世界上最伟大的侦探!"

诺亚看起来很困惑,"我以为蝙蝠侠才是?"

博士似乎想要争辩,但马上改变了主意,决定妥协一次,"这不重要。夏洛克·福尔摩斯和蝙蝠侠都会追踪线索。"

"还会揍人。"玛茜指出。

"我们还是先把握住线索吧,你们两个跟着比尔去。"博士说。

"为什么?"比尔问,"我们要去哪儿?"

"回到树林里去。"博士告诉她。

"我们之前见到闪灵人的地方吗?"她问,"你确定这是个好主意?"

他翻了个白眼,指着天空,"看见天上那个大火球了吗?现在是白天。闪灵人只在晚上出来。"

"你确定吗?"

"不确定,不过如果你真在白天见到了,就告诉我。"他把笔记本塞到她手里,"回树林里去找花楸树吧。"

"那你呢?"

博士回头看了看路的尽头,"萨米·霍兰德一直喜欢仙子的故事,我想,是时候去找出原因了。"

19. 潜下去

"期待写这份报告不?"特曼对斯科菲尔德咧嘴一笑。

"我正想把这个任务甩给你呢。"她开玩笑道,虽然这并不好笑。他们到底要怎么说呢?——嗯,长官,是这样的。那家伙忽然就老了。真的、真的很突然。

她也不愿意相信。她怎么能相信呢?但博士是对的。那个躺在担架上的老人的确是哈罗德·马特。她不了解过程,也不知道原因,但就是有飞来横祸降临到这个讨厌的倒霉鬼身上。

她刚认识马特时就不喜欢他。他太过自以为是,总是越俎代庖地告诉她该怎么做,但是……她忍不住回想,当医护人员把他抬出来时,他的喉咙发出短促的喘息,泛红而湿润的眼睛在上方搜寻着什么,仿佛他都认不出天空了。

"我们最好去医院看看。"她对特曼说。这时,罗布·霍克边打手机边走了出来。"好的,谢谢,我会的。"建筑工头挂了电话。"那是哈罗德·马特的哥哥,"他解释道,"他说我们今天可以收工了。"

"明智之举。"斯科菲尔德说,"我们也先不打扰你了,尽管我们之后可能会有更多的问题。"

"彼此彼此。这一切到底意味着什么?"

"提前下班。"特曼开玩笑说。斯科菲尔德忍住了扇他后脑勺一巴掌的冲动。特曼有时真是个混蛋。

"喂!你在干什么?"建筑工地的后方传来喊声。

"又怎么了?"罗布·霍克抱怨着跑回屋里。

"我们最好去看看。"斯科菲尔德叫上特曼,跟着霍克来到后花园,有人正在那里激烈争吵。

"你不能到这来!"那个穿曼联帽衫的小伙子说。

"那就假装我不在。"另一个声音说——是那个熟悉得令人生厌的苏格兰口音,"你撑着铲子在那儿傻站着就行了。"

花园很大,比斯科菲尔德的整所公寓还大。昨天的雨把地面搅成了一片泥沼,成箱的建筑材料和工具散落四处。院子尽头有一栋长条形的砖砌屋子,她猜,屋子后面的铁丝栅栏终将被灌木或树篱取代,如果这个工程在今早的离奇事件之后还能继续的话。和别墅的主楼一样,砖屋也修好了墙、装上了门,但还没有窗户,墙洞上铺着塑料布。

博士跪在砖屋前,像狗挖骨头一样刨起一把把泥土。

"他在这儿干什么?"霍克问。

"管好你自己的事吧,"博士头都不抬,"我建议你试一试。"

"这就是我的事。"霍克大步朝博士走去。上午的沮丧和困惑迅速转化成愤怒。博士如果不小心点儿,很可能会被他埋到土里。"你必须离开。"

"我会的。"博士说,"只是还要过一会儿。"

"你丢了什么东西吗?"斯科菲尔德问。她用大拇指勾住自己的警用背心,看着这奇怪的一幕。

"是的。"他抬眼看了看他们,双手沾满泥土,"一棵树。你们没见过吧?"

"什么?"罗布·霍克问道。

博士站起来,用一块苏格兰方格纹手帕擦了擦手,"一棵树。大家伙,很多枝杈。"

霍克攥起拳头,"我知道什么是树!"

"好极了。这里曾经有一棵,在这个花园里。萨米·霍兰德小时候爬过。"

"那个失踪的女人?"特曼问道。

博士把沾满泥巴的手帕塞进口袋,"走丢的女人,弄丢的树。你们可真够丢三落四的,是不是?"

"这里是有过一棵树。"小伙子确认道,斯科菲尔德记得他的名字叫蒂姆,"但它被砍掉了。"

博士一脸震惊,"你把树砍了?"

"不是我。另一个家伙来干的。"

"一个家伙,这说法真帮了大忙。"

"一个园艺工。"

"那砍下来的树后来去哪儿了?"

"他们带走了。"罗布·霍克告诉他,"可是这关你什么事?"

"什么事?"博士说着朝他走去,完全无视这位工头已经火冒三丈了,"你还记得那是什么树吗?"

"这有什么关系?"霍克耸耸肩。

博士气急败坏地望着天空,"这有什么关系?这有什么关系?这很有关系,因为这可能是世界上最重要的一棵树!"他的手指配合着最后一句的节奏,一字一顿地戳着工头壮实的胸膛。

霍克一巴掌拍掉博士的手,似乎还想给对方鹰一样的脸也来一巴掌,"再碰我一下,你要担心的可就不止那棵树了。"

"好了,够了。"斯科菲尔德站到他们中间,"你们两个。"

"对不起。"博士这一开口让她大吃一惊。她没想到他的词汇表里居然还有这个词的存在。他转身对霍克说:"请迁就我一下吧,拜托了。"

"为什么呢?"霍克说。

"因为我是个白痴。你这么认为,斯科菲尔德警官也这么认为,甚至我自己大多数时候也这么想。请迁就一下这个白痴,回答他的白痴问题吧。"

斯科菲尔德一点也不相信博士的自嘲,但这招达到了预期效果。霍克平静了一些,看向她寻求建议。

"你就告诉他吧。"她也想知道博士的葫芦里卖的什么药。

霍克耸耸肩,"我不知道。"

博士并不罢休,急切地盯着霍克的脸。"是花楸吗?"他掰着手指头数着特点,"银色的树皮,叶子像羽毛,深红色的小果子上有个五角星。"

"我跟你说了,我不记得了。"

"好吧,我们试试别的。它本来在什么地方?这你一定还记得吧?"他指了指脚下的土地,"在这儿吗?"

"不是。"霍克指着那座砖屋,"以前是在那儿,但现在不在了。"

博士看起来吓坏了,"你们在上面盖了房子?不!告诉我你没有在上面盖房子!"

"我们当然盖了。"蒂姆一边挖鼻子一边尖声说,真是个讨厌鬼,"要不然我们能怎么办?绕着它建一圈游泳池吗?"

现在轮到博士指着砖屋了,"那是个游泳池?!"他冲了进去。

"不行,你不能去。"霍克在他身后喊,"你不能进去!"

但是博士已经在里面了。

"博士,为什么那棵树这么重要?"斯科菲尔德跟在博士身后,差点被弹回的门打中了脸。

游泳池已经挖好,深坑陷入地下,但是还没有注水。他们站

151

在池边的中点,左边是深水区,右边是浅水区,连接两者的斜坡很陡。最深的地方应该有三米左右。

"我跟你说了,"博士回答她,"我是个白痴,总是错过关键信息。人生真如白驹过隙。但是萨米的妈妈说了些什么……关于那棵树。"

似乎已说明一切的博士转身跳进空泳池,落在斜坡上。

"太过分了!"霍克咆哮,"对不起,我必须让他离开这里。"斯科菲尔德还没来得及阻止,工头也跳进了空泳池。

博士大步走向深水区,用一个绿色手电筒一样的东西扫描着铺了瓷砖的地板。"要根除一棵树很难。"他对他们说,"树木是很顽强的。它们总会留下一些东西,把根、种子和秘密都深埋在地里。"

霍克追了上来,一把抓住他的胳膊,"那是什么东西?"

"那是我的!"博士像个小孩子似的回嘴,挣脱了胳膊。

斯科菲尔德和特曼在岸边向浅水区跑去,两人都想在他俩开始打架前拉开他们,但都不想冒着脚踝骨折的危险直接跳进深水区。毕竟,跳进注满水的游泳池是一回事,摔在硬邦邦的瓷砖地面上是另一回事。

浅水区有几级台阶,特曼一步两级地冲下去,跑向已经在斜坡上打得难解难分的两人。斯科菲尔德并不看好博士。霍克看上去很擅长打架,而穿着长款大衣的苏格兰人则是个瘦竹竿。

特曼首先赶到,把博士向后拉;而斯科菲尔德抓住霍克,按住了他的前臂。

不知是什么击中了她。霍克几乎没动,她却被打得腾空而起,飞向浅水区。她痛苦地落地,撞到臀部,帽子也滚了出去。

活见鬼。这到底是怎么回事?霍克一时冲动打她了吗?还是推揉了她一下?不管怎样,他得有多壮?

深水区传来喊声。特曼把霍克推开,吼着让他冷静下来。

"不是我,"工头坚持道,"我碰都没碰她。"

"他没有撒谎。"博士还在挥舞那该死的手电筒,"那不是他干的。除非他的秘密身份是超级英雄或扎贡人[1]。"他把发绿光的手电筒在愤怒的工头面前扫了扫,"不,他和你一样是人类。"

"那刚才是怎么回事?!"特曼吼道,把自己隔在俩人中间。他瞥了斯科菲尔德一眼,她已经站了起来,努力不让表情流露出痛苦,"你没事吧?"

她揉了揉还在阵阵发疼的腿,想着明天早上会见到怎样的瘀痕,"没骨折。"

"暂时还没。"博士纠正了她的话,然后,他也被甩到空中,像被发脾气的孩子扔出去的布娃娃一样。但是,他周围没有人。不是霍克,也不是特曼干的。他重重地撞在墙上,冲击力大得足

---

1. 《神秘博士》剧集中一种可以伪装成人类的外星生物。

153

以震裂瓷砖,还险些撞上通向深水区的金属梯子。

斯科菲尔德一瘸一拐地想朝他走过去,但她做不到。令她行动迟缓的不是伤腿,而是一阵不知从何而来的强风。

当她还是个孩子的时候,爷爷奶奶曾带她去布莱克浦过周末,好让她的父母休息一下。那时是淡季,天气糟糕得像世界末日,海滩禁行。爷爷在海滨道路上嬉闹,假装他正在狂风中挣扎着前行,逗她笑得发出尖叫,奶奶还唠叨着让他小心。他可以身体倾斜成 45 度角,仿佛被风吹成了那样。他总能像个小丑一样惹她发笑。

但现在这事并不好笑——就像要用自己的血肉之躯穿过砖墙一样。可他们在室内,风从哪里来?怎么会这么猛?

这突如其来的风暴搅起了沙砾,她紧紧地闭上眼睛。她听见特曼和霍克在喊叫,但看不清他们怎么了。她被吹倒了,像风滚草一样跌跌撞撞地翻滚着。她在光滑的瓷砖上摸索,拼命想抓住什么东西稳住。她的指甲抠进瓷砖缝里,这也于事无补,她很快又被刮到了深水区。风在泳池中间形成了一个旋涡。上方传来一阵撕裂声,窗户洞上的塑料布被风扯下来吸进旋涡里,和尘土、纸张、瓷砖碎片搅在一起。她的嘴里进了碎石子,眼里进了沙子,手里却依然连根能救命的稻草都没有。当她再次被风卷起来时,她的手抠在瓷砖上吱吱响。风在她的耳中咆哮,她害怕地尖叫起来,却听不到自己的声音。相反,风里有声音,一种愤怒和悲伤交织的声音。

"迷失者在哪里？迷失者在哪里？"

她踉跄后退，头狠狠撞在墙上。她没办法停下来，没办法稳住自己。她被强风压在瓷砖上，身体纠结扭曲。博士刚才怎么说来着？暂时还没骨折？指的就是这个吗？风暴会敲碎她身上的每一根骨头吗？她不知道其他人在哪儿，也分不清哪边是上哪边是下。她只知道自己在转圈，一圈又一圈，就像身陷地狱的旋转木马。如果你想再快些，那就尖叫吧。如果你要送命了，那就尖叫吧。

如果你想让声音停止，那就尖叫吧。

"迷失者在哪里？迷失者在哪里？"

她的胳膊被谁的手指扣住了。她猛地停住，睁开眼睛。

是博士！他抓住了她的手腕，另一只手勾着金属梯子，两人都还顶着风。他布满皱纹的脸上写着痛苦，但他不愿放手。她把另一只胳膊往前伸，也抓住他的手腕。他在喊着什么，但他的话被风中不停重复的问题淹没了："迷失者在哪里？迷失者在哪里？"

他们又被甩向前去。梯子被从泳池边扯开，金属折弯了，博士的手臂起初还能缠在已经变形的梯子上，最终却撒开了。他们卷进风中，抓紧对方旋转着，就像龙卷风中的悬铃木种子。

她想闭上眼睛，但博士紧紧盯着她。他的嘴还在动，可她依然听不见他在说什么。他把另一只手伸进大衣里，抽出那支奇怪的手电筒，但风很快就从他的指尖夺走了那玩意儿，他只能愤懑地大叫。

他们砸到了什么硬东西上。斯科菲尔德受伤的臀部又传来一阵剧痛。她死死地抓住博士的手臂，尽管几乎看不见他的脸。空气中充满灰尘和碎片，风暴的咆哮像一堵坚实的噪音墙。他们重重一摔，斯科菲尔德想象着他们的尸体砸在池底的样子。

请别放手，她想。不知道是对博士还是对自己。

请别放——

一阵碎裂声传来。又一阵剧痛。博士的手从她手中滑走，一切都停止了。

20. 特曼的报告

晚些时候，特曼会提交他的报告。他会说明风是怎样把他吹倒在泳池壁上碾压的。他会在住进医院时才知道罗布·霍克出了什么事——那个建筑工头被甩出了砖屋，在窗框上摔断了腿。

特曼看到博士想救斯科菲尔德，他抓住了她的手。即使是在那么疯狂的时刻，那个老男人的敏捷反应也让他颇为敬佩。博士一定是掐准了时间伸出胳膊，才抓住了疾飞而过的斯科菲尔德。

但是这也没给他俩带来什么益处。

梯子被风扯下了瓷砖壁，他俩被风卷进空中。特曼喊着斯科菲尔德的名字，眼睁睁地看着他们被卷到游泳池底。

那里出现了一道闪光。亮得致盲的闪光，让他的皮肤发烫。

然后一切都平静了。风、泥土，甚至那些他确信是自己幻听的声音，都不见了。

一块透明塑料布拍打着特曼，像裹尸布一样盖在他身上。他把塑料布扯到一边，逼着自己爬上斜坡去浅水区。他在流血，他的制服在暴风中被翻飞的瓷砖碎片划破了。他只想休息、睡觉，但他必须先看看斯科菲尔德怎么样了,需要看到她的尸体。

因为,他确信她已经死了。博士也是。一定如此。他听到了他们撞击地面时的巨响,在那种冲击力下,没人能够幸存。

可是,他们不在那里。

斯科菲尔德、博士……他们都不见了。地上只剩斯科菲尔德的帽子和博士那已经摔碎的手电筒。

他原本这么以为,直到他站起来。

就在那时,他发现了那个东西,它深深地刻在瓷砖上。

一个圈。一个大圆圈,圆心正是他俩摔下去的地方。

于是,特曼笑了。

于是,医护人员找到他时,他一直语无伦次。

于是,他不停地说着仙子和精灵。

21. 仙境欢迎你

她已经死了。

这是唯一合乎逻辑的结论。

不然就是她精神崩溃了。这也可以解释为什么室内会有龙卷风,以及她脑子里的声音。甚至可以解释博士是怎么回事。

被这份工作击垮,这种事她见过很多次。同事们的压力并非来自出外勤时的危险,虽然那也够受的了,即使是哈肯索尔这样的小镇也不例外。然而,警察局里也有明争暗斗,有一心想往上爬的人。

斯科菲尔德从不在意那些。她也有雄心,这是自然,但巡佐并不是她的终极目标。她之所以成为一名警察,是因为她想像父亲一样,在社区里帮助别人。他从不关心升迁。她想成为他那样的警察,这是唯一重要的事。

好吧,这是她还活着时唯一重要的事。

因为她已经死了,不是吗?

她呻吟着动了一下,这是个错误,她身上的每根骨头都在后悔这个决定。

这是好兆头还是坏兆头？痛苦意味着她还活着，除非天国是个笑话。那对她也太不公平了。

她咳了咳，又是个错误。她的肺里好像装满了生锈的铁钉。咳嗽越来越剧烈，她喘不过气来，差点儿呼吸衰竭。

她睁开眼睛，这个简单的动作却成了目前为止最大的错误——那就像棒球棒直接打在脸上一样，还是纯粹由光构成的棒球棒。她的眼睛火辣辣的，眼球就像在眼窝里灼烧。她摸着眼眶痛苦地尖叫起来。不，她还没死，但她肯定已经疯了。

五分钟前，她还在哈肯索尔的一个建筑工地。对，一个自带极端天气的建筑工地。但是，在很大程度上，那里还属于她能理解的世界。

现在，她却在一个毫无常理可言的地方。

她的脑袋下枕着草地。这是她见过最明亮、最鲜绿的草。她在森林里，但是这种森林只可能存在于儿童绘本里。

那些树都很高，像摩天大楼一样高，伸向满天繁星的天空。不，不对。树叶那么浓密，她不可能看得见天空。是树叶，它们像星星一样闪闪发光。

她翻过身来仰面朝天躺着。那些树皮是深深的暗红色，太深了，太暗。树干上的每个疙瘩都像旋涡，仿佛在旋转，却又静止不动。真菌爬满所有的树——是真的在爬，就像巨大的毛毛虫一样，在红得过头的树皮上爬。

那些簇拥在树根周围的花，不仅有彩虹上的每一种颜色，还有好些她从没见过的。鲜艳夺目的色彩刺痛了她的双眼，但这跟气味带来的折磨相比，简直是小巫见大巫。她从不理解为什么人们喜欢闻花儿，那种甜腻的香味总让她打喷嚏。但这里更糟。那些气息粘在她的喉咙里，又厚又稠，让她作呕。她翻了个身，想用膝盖把身体支撑起来，却又是一阵头晕目眩。森林的声音从四面八方传来，她同时听到了所有的声音。指缝间的臭泥里有虫子在爬来爬去，空中有鸟儿在飞翔，每一次振翅都像雷一样响，每一声心跳都像鼓在敲。

不，不是一颗心在跳。是两颗心，一起跳动着。

"给，"一个威严的声音说，"戴上这个。"

什么东西滑过她的眼睛。塑料的、凉凉的，贴在她的皮肤上。她再次睁开眼，但这次没有灼痛感了。森林里的声音逐渐减弱，变得柔和，也可以忍受了。

"好点了吗？"

斯科菲尔德抬头一看，博士正站在旁边，向她伸出手。她抓住他的手，摇摇晃晃地站了起来。她觉得耳朵有点胀，伸手想摘下他刚架在她鼻子上的墨镜。

"不，别摘下来。"他马上说，"否则我们又会陷入干呕和尖叫。"

她刚才在尖叫吗？

"墨镜是我的，但可以借给你。你非常走运，不是每个人都有机会戴上音速墨镜的。它很特别，就像我一样。"

"如何特别？"

"它在调整你的视野。"他说，"调暗一些，这样世界就不会那么耀眼。同时也围着你投射了一圈音速场，过滤掉噪音。你可以待会儿再谢我。"

"音速墨镜。"她重复了一遍，想要弄懂这话的意思。

"哦，我喜欢音速的小玩意儿。"他咧嘴一笑，"音速墨镜、音速起子。"他拍拍自己的口袋，笑容渐渐消失，"看来我得再弄个新起子了。没关系。"他看看四周，又后仰着望了望头顶的树，"我还有过一支音速口红，可惜那色号不适合我，就送给一个朋友了。"

"你居然有朋友？"

他回头看了她一眼，笑得更灿烂了，"你感觉好些了吧？"

"我们在哪里？"

博士用手指戳了戳她，"我很喜欢你这一点，斯科菲尔德警官，直奔主题，像我一样。"他上前一步，边解释边打手势，像个老师，"我们已经跳进了凹槽。我们在隐界。"

"隐界是？"

"仙境。"

她不屑地笑了。

他一脸疑惑，"你笑什么？"

"因为那不可能。"

"不是不可能，只是看不见。我跟你说过的，就在马特先生的房子里。"

"我那时就不相信你，现在也不相信。"

"即便你已经置身其中了。"他做了个很夸张的手势，"那你觉得这是怎么一回事呢？迪斯尼乐园吗？"

"我不知道。但是，仙子？认真的吗？就那些小小的人？"

博士不满地看了她一眼，"别这么说，真的，为了我俩的安全起见。"

"为什么？会发生什么？"

"我知道，"他说，"当你想到仙子时，你想到的是橡果帽子、星尘和薄纱般的翅膀。你可以把这一切谬误都归咎于维多利亚时代的人。"

"那么，我该怎么想呢？"

"你最可怕的噩梦，这里笼罩在极度的疯狂和恐惧之中。"

这太荒唐了。"我不相信仙子存在。"

他耸了耸肩，"没关系，因为仙子们相信你们的存在。而且现在是我们在他们的后花园里。"

什么东西在头顶上拍动，扇翅的嗡嗡声突然传来。斯科菲尔德吓了一跳，抬头看去，却什么也没看到。

其实，她不愿相信博士的话，因为，那样的话，她就离接受现实又近了一步。也就是说，她真的跌进了另一个世界。

"那么你呢？"她转身问博士。

"那么我什么？"

她轻敲墨镜，"你怎么不需要这个？"

"这个森林只会对人类有那种影响。"

"意思是？"

"我想你明白我的意思。"

"你是个巨魔。"

他一脸震惊，"我是个时间领主。"

"那是什么？"

"比巨魔强多了。"他话一出口就意识到自己说错了，有点尴尬却来不及反悔，"不是强多了，是不一样。"

"绝对不一样。"她表示同意，蹲下来看着脚边那些荧光蘑菇。

"别碰它们。"博士建议道。

"我没准备碰，我又不傻……"

忽然，每个蘑菇的盖子都打开来，露出一只只眼睛盯着她，吓了她一跳。

"我真的不喜欢这里。"她承认。

"你有充分的理由。"博士走近她，压低了声音，"现在别乱看，好像有谁在监视我们。"

"我知道。"她指着蘑菇上的眼睛说。

"不是它们。"他嘶声说着，指向她的身后。

她转过头去，除了树什么也看不见。"我什么也看不见。"

"那是因为有音速墨镜，我来调一下吧。"他敲了敲镜框，世界变亮了，不至于让她痛苦，但足以让她看到树干之间有三双恶狠狠的眼睛在瞪着他们。

"还是不相信有仙子吗？"他问。

一声嘶哑而低沉的号叫传来。

她现在能辨认出它们的脸了，鹰钩鼻，大嘴巴，锯齿般的尖牙。它们皮肤斑驳，颜色像发霉的奶酪，头发编成长长的辫子。它们很高很瘦，看上去很生气。

"它们为什么不进攻？"她问。

"它们正在思考是否要先玩弄一下猎物。"

"这还真让人欣慰。"

"它们本意并非如此。当我说跑的时候……"

"我就跟紧你。"

"一。"博士说。这时，第一个生物向前迈了一步，它的爪子搭在旁边的树干上。

"二？"斯科菲尔德看着它的鼻孔张大，建议道。

"三！"博士喊道。那生物猛扑过来，准备把他们撕成碎片。

22. 平安重逢

他们在博戈惊吓林里拖着疲惫的步子走着，比尔扫了一眼手表，下午两点半。太阳还有一两个小时才会下山，但天色已经开始变暗，厚厚的乌云遮住了秋日微弱的阳光。

她不知道哪个更糟，是在月黑风高的深夜探索阴森森的树林，还是在半明半暗的黄昏沿着诡异的原路再走一次。这里安静得出奇，既没有鸟儿在高耸入云的秃枝上歌唱，也没有小狗在落叶满地的曲径上遛主人。

玛茜跺着脚在前面走，一路踢着树叶。

"别走远了，好吗？"

小女孩并没有消停。自从博士在那条临时观景道上跟他们分道扬镳之后，她就一直闷闷不乐。这也不奇怪，她的世界完全天翻地覆了，比尔可以理解。

比尔失去母亲时还是个婴儿。比尔没机会认识她，关于妈妈的记忆都是她想象出来的。她甚至不知道妈妈的长相，原本是这样。她本来连照片都没有，直到博士无视时间法则，拿着单反相机回到过去，改变了这一切。比尔在布里斯托的床边放着一个装满照片的盒子，那是她最珍贵的财产。

她无法想象，朝夕相伴十年的妈妈忽然被夺走的感觉。那该有多么痛苦啊！

不仅如此，玛茜还忽然卷进了博士的世界，必须应付随之而来的一切。怪物、恐惧，还得忽然意识到，宇宙比自己原本以为的要大得多。

总的来说，玛茜的表现相当出色。虽然她永远黑着脸，像个火药桶似的，但那只是一种生存机制。

要是诺亚能理解就好了。自从在臭虫巷跟博士分开，他就成了姐姐的出气筒。

"我还以为你是专家呢。"

"什么专家？"

"辨认树叶什么的。"

"我从来没说过——"

"你说过你是班上最厉害的。你说过威宁克先生还奖励了你一张贴纸。"

"我已经尽力了。"

"真不害臊，你尽力了，还连橡树和花楸都分不清。"

"花楸。"比尔纠正道，但话一出口就后悔了。这简直是火上浇油，仿佛孩子们还受得不够多似的。

"你也以为那是橡树呢！"诺亚厉声说，他还太小，不明白得饶人处且饶人的道理，"你也不知道。"

"我从没说过我知道。"

"你就是说过！"

也许玛茜知道自己吵不赢了，也许她只是不想再争了，她怒吼道："闭嘴，诺亚！"

为时已晚，她弟弟可不甘示弱，"不要，你才该闭嘴！你总以为自己是对的，其实你并不是。"

比尔想当和事佬，"嘿，嘿，嘿，没必要吵嘛……"

"这不公平！"诺亚继续大喊大叫，"我要去……"

"你要干啥？"玛茜转过身来，"去告诉妈妈吗？祝你好运。她不见了，而且这都是你的错。"

这个十岁孩子话里的恶意，让比尔和诺亚都停下了脚步。

"玛茜……"比尔开口想阻止她，但小姑娘的长篇大论才刚刚开始。

"要不是你和你那闪灵人的蠢故事，她那天才不会出去。"

"那不是故事！"他大声哭喊，"那是真的！"

"也许她根本就不是被闪灵人抓走了！也许她只是想摆脱你和你那愚蠢的哼哼唧唧！"

"这可过分了！"比尔严厉的语气把她自己都吓到了。听听我说的话吧，还真有成年人的架势。一定是跟博士在一起时间长

169

了耳濡目染。不对，开什么玩笑呢？博士是她见过的成年人里最孩子气的。但是这挺有效的，玛茜闭嘴了，也陷入了新一轮的超级闷气中。

诺亚的脸皱成一团。在过去的二十四小时里，她见这男孩哭了很多次，但这次不同。这是眼泪都不足以宣泄的悲伤，这是心碎。

"我说，"她蹲下身来抱住他，"这样可不行。我们得齐心协力，我们是个团队。"

玛茜哼了一声，"那博士还把我们赶走了。"

"他没有，他是给了我们一个任务。"

"去找一棵蠢树。这到底能有什么用呢？为什么他总觉得自己知道得最多？"

"因为他就是知道得最多，大多数时候是。不管怎样，这和他没有关系，这是你们的问题，你和你弟弟。你们两个都又生气又害怕，我明白，真的。但互相撒气对谁都没好处，也不能把你们的妈妈带回家。"

她差点就要让玛茜道歉了，但那样就把小姑娘逼得太紧了。谢天谢地，没这个必要。玛茜嘀咕了半句道歉的话，又挪着步子往树林深处走。

诺亚吸了吸鼻子，低头看着地面。

"你还好吧？"

"我想是的。"

"她只是有点心烦。她不是那个意思,真的不是。"

诺亚看上去并不相信,但还是拉起比尔的手,跟上了他姐姐。

玛茜仍然没有让他们轻松多少。就算比尔大声喊,她也不肯放慢脚步。她总有借口从树枝之间挤过去,或者从倒下的树干上爬过去。比尔猜都猜得到会发生什么事——在比尔触不可及的地方,玛茜滑了一跤。她尖叫一声,摔出了他们的视线。他们只听到她滚下去的声音。

"玛茜!"诺亚大喊,松开比尔的手就要冲过去。

"别,等等!"比尔一把抓住他。他差点儿也从同一个陡坡摔了下去。

玛茜躺在树林间的一小块空地上,一动也不动。

"你没事吧?"比尔边问,边爬下河岸,尽量避免像杰克和吉尔那样从山上滚下去,她此刻最不想要的就是一顶破王冠[1]。诺亚则动了些脑筋,一屁股坐下,像玩滑滑梯一样下了陡坡,完全不操心自己的牛仔裤。

"玛茜!"比尔到了坡底,立刻喊道。

小女孩动了动,呻吟起来。谢天谢地,她还是清醒的。

"你哪里受伤了吗?"

"没有。"玛茜抽泣着,努力不哭出声。她让比尔扶她起来,

---

1. 《杰克和吉尔》是一首童谣里的两个主角,两个孩子上山取水,先后摔下山坡,杰克摔坏了自己的王冠。

却被诺亚搂住了。她没有拒绝拥抱,而是把他抱得更紧了。

"对不起,玛茜。"他说,"对不起,我把叶子认错了。"

"我也很抱歉。但是你确实没有我厉害。"

"喂。"他抱怨着抽身出来,但姐姐还在微笑,并无恶意的那种。

一根小树枝折断的声音让他们的笑容僵住了,那声音是从后面传来的。

"那是什么?"玛茜抓住了弟弟的手,拉着他靠近比尔。

"我不知道。"比尔冷静地承认,把手搭在他俩的肩膀上保护他们。

斜坡下面的树比其他地方的都要密集,但树影只比其他地方稍微暗一点。他们一动也不敢动,心怦怦地跳到了嗓子眼儿,但一切依然悄无声息。没有新的动静,没有其他声音,只有树在轻轻摇摆,树林在风中窸窣作响。

比尔强迫自己放松,捏了捏他俩的肩膀,向他们保证,"没事的。什么也没有。"

"你确定吗?"诺亚结结巴巴地问。

"嗯。"她说,"那只是一个——"

树叶被踩得嘎吱响的声音又来了,比刚才更近、更响。一阵低沉、潮湿的咕哝声传来,他们三个立刻抓着露出地面的树根、杂草或者任何有用的东西往斜坡上爬。诺亚第一个到达坡顶,他像小山羊一样跃上了土堆，玛茜紧随其后。比尔稍慢一些，她在离目的地一步之遥时滑倒了。还好她抓住一根树枝把自己拉上了斜坡。

她向坡下看，以为会发现一双闪闪发光的眼睛。然而，那里只有一只鹿正盯着她，它的黑眼睛因恐惧而睁大，修长的腿瑟瑟发抖。它抖抖耳朵，蹦蹦跳跳地蹿进了树林。

比尔笑了，如释重负。孩子们也一起笑了。玛茜忘记了刚才的脾气，投入了比尔的怀抱。

"如果你今天去树林……"比尔笑了。

"一定会有个大惊喜。"诺亚说着，用双臂搂住了她俩。

"嘿，滚开，小花生。"玛茜说。

"小花生？"比尔低头看着他们问。

"妈妈就是这么叫我的。"诺亚得意地说，"她的小花生。"

"小花生……"附近有个声音重复道。

比尔飞快地转过身，差点又摔下去，"谁在那儿？"

"妈妈？"诺亚问，"妈妈，你在哪儿？"

孩子们朝声音跑过去，比尔跟在后面，"萨米？你在那里吗？诺亚和玛茜跟我在一起。他们想找到你。"

"玛茜……"那个声音说，"来找我们。"

"在这里！"玛茜发现了一棵银色的树。它是斜着长的，枝干几乎光秃秃的，只挂着几片顽强的树叶。树的其余部分都在它自己的阴影里。

诺亚抓了一片叶子,"一片花楸叶!比尔,这棵是花楸!"

比尔绕着树转了一圈。地上有个洞,就像动物经常在树根下挖的巢穴,"这里面有人。"

玛茜出现在她身边,急急忙忙地差点跌倒,"妈妈?"

洞里有个蜷成一团的女人。她的头发与树叶和树皮纠缠在一起,外套和裙子上满是污垢。

"困住了。"她浑身发抖地哭着说。不是因为冷,而是因为恐惧。

"没关系,"比尔说,"我们找到你了。"

"找到我们。"

"妈妈。"诺亚啜泣起来。

比尔靠近狭窄的洞口,向那女人伸出手,"我可以救你出来。我们都可以。"

那个女人紧紧握住比尔的手,她的指甲缝里满是黑乎乎的泥。

"就是这样。"比尔领着她走出了洞穴。

玛茜和诺亚手拉手站在后面,盯着他们的妈妈,似乎不敢靠近她。

"没事的。"比尔对他俩说,用一只胳膊搂住那个女人。女人紧紧地扶着比尔,仍然在发抖。她的眼睛仍然紧闭。她为什么不睁开眼睛?

"妈妈？"玛茜小心翼翼地问。

"你看，"比尔说，"这是你的孩子们。睁开眼睛，你就能看到他们了。我们要带你回家。"

"回家？"她机械地重复着，声音沙哑。

"对呀，回到外婆那儿去。"玛茜朝她挪了一步，"她一直在照看我们。"

"回家。"那女人又说了一遍，这回坚定了些。她抓着比尔的手放松了一点，就一点点。

"就是这样。来吧，萨米。睁开眼睛，我们可以送你回家。"

"回家！"萨米哀号起来，睁开眼睛。那双眼睛发出强光手电筒一样的光芒，明亮、耀眼，一如闪灵人的眼睛。

23. 夺命奔逃

斯科菲尔德之前体验过一次害怕的滋味。那是在维森肖的安戴尔购物中心,她被一个块头是她两倍的男人逼到墙角,女儿也忽然不知去向。那次她真的怕了。

但那也不能跟现在比,即便是忽然发现女儿没有牵着她的手,随着掌心一空油然而生的恐惧,都不能和这一刻比。至少艾希此刻安全地待在家,跟马丁在一起。至少她不在这里,不在一个所有已知的科学定律都不成立的森林里,被当作猎物追赶。

被那些东西追赶。

"博格特!"博士喊道。他们逃出空地时,那些生物紧追不舍。

"怎么了?"

"这些家伙的名字。我总觉得,知道自己正在被什么东西追杀比较好。"

"这样你就可以在被吃掉时喊出对方的名字了?"

"我这样跑了两千年,还没有被吃掉。我对这个纪录很满意,也没准备在今天改变它。"

"我真想有你这样的信心!"

博士笑了。他真的笑了起来。她已经被吓傻了,而他一会儿飞身跃过树桩,一会儿埋头躲过低枝,仿佛在一片陌生的森林里逃命是他的日常工作。

她的腿因力竭而发烫,她的肺都快爆炸了。她想停下来,想倒在地上好好吐一场,但她知道那等于自杀。她能听到它们在身后的树林里穿梭的声音,近得要命。她回头看了一眼,音速墨镜滑下鼻子。她赶紧抓住它,万万不想离开博士的音速保护装置。

"它们不见了。"她放慢了脚步。

"不,它们没有。"博士坚持道。

"真的,它们不见了。"

它们不在了。那三个晃着长胳膊、迈着大阔步的身影,不见了。左边的树林里闪过一道绿光。

"它们在耍我们。"博士仍然没有停下奔跑的脚步。

"就像猫和老鼠。"她附和道。

"差不多吧。虽然在这里是老鼠吃猫,所以应该反过来。"

"你以前来过这里吗?"

"很久以前。"他承认道。

"然后你成功回家了?"

"我得到了一点帮助。"

"谁的帮助?"

她左边有什么在咆哮。她转头去看,却被一截突出的树根绊倒了。她向前翻滚,脸上的音速墨镜飞了出去。刹那间,整个世界都要让她窒息了,之前一直被博士的小玩意儿抵挡在外的光和声音再度袭来。她淹没在强烈的感官冲击中,鼓膜都快爆炸了。

一双手抓住了她的胳膊。她反抗了一下,才发现那并非牛排刀一样的利爪,而是博士在帮她站起来,还把什么东西塞到她手里——墨镜。

她摸索着找到眼镜腿,把眼镜推到鼻梁上。隐界的光芒消退了,但是没时间给她松口气或哭一场。博士把她拉起来,"我们得继续前进。"

"说起来容易做起来难。"她喘着气,腿像果冻一样软。

"这边走。"博士把她拉下一个陡坡。她滑了一跤,直接摔到坡底。这次她全程紧紧地抓着墨镜,仿佛命悬于此——也许事实就是这样。

博士又去扶她,但这次她把他的手推开了。"我自己能行。"

"你确定吗?"

他们站在一条耀眼的小溪边,溪水的颜色如万花筒般瞬息万变。橙色、绿色、蓝色和紫色一起流淌,那是一条液体彩虹,汹涌的潮水中满是游动的小银鱼。

"流动的水!"博士拍着手大喊,"谢谢你,宇宙!"

"这有什么用?"

"仙灵无法穿过它。"他说,仿佛这是她本该了解的常识,如同太阳从东方升起、白天之后是黑夜一样显而易见。"流水会扰乱它们的心理磁场——仙子、地精、博格特和精灵之类。这对它们来说挺讨厌的。"

"我以为只有吸血鬼才那样?"

"什么?"

"怕流水这种事,那是吸血鬼,不是仙子。"

"你见过吸血鬼吗?"他问。

"我猜你见过?"

"相信我,这行得通。"他抬头向上望去,"它们很快就会再找到我们。"

"可是我们怎么过去呢?"她盯着水问,"我们不能趟过去,这水流太急了。我们会被冲走的。"

"水流才不是你需要担心的重点。"博士告诉她。

"那需要担心什么?"

他朝河水点了点头,"你看那些鱼。就当它们是食人鱼吧,但这些鱼在把你吃得只剩骨头时也不会停嘴。"

"你现编的吧?"

"你想验证就去试试。"他开始往后退。

她惊讶得合不拢嘴,"你不会是要跳过去吧?"

"要么就跳,要么就飞。"

"这河得有三米宽!"

"所以我在助跑。你在躲避危险的捕猎者时,总有这么多话吗?"

一个博格特出现在斜坡的顶端,下颚上还挂着黏糊糊的唾液。它正顺着斜坡向他俩爬过来。

"女士优先!"斯科菲尔德冲向小溪,在岸边纵身一跳高高跃起,胳膊和腿像风车一样转动。然而,她还是意识到,自己过不去了。

扑通一声,她落进小河里,身下的水流立刻卷住了她的腿。她扎进水里,抓住一侧河岸,手指紧紧地扣着草地,把身体拉到了水面上。她上气不接下气,觉得胃里难受得要命。水尝起来像蜂蜜,又黏又甜。

她拼命想把自己拽上岸,手却只能徒劳地扯出泥土里的草。她又被水流卷走,腿疼得像针扎一样,几十只小利嘴在她的小腿上咬个不停。她要么被淹死,要么被生吞活剥。不管怎样,她算是完了。

24. 方向感

她听到脑袋附近有什么东西闷声一响,抬头一看,博士已经越过小溪,衣服上滴水不沾。他居然真有这个本事。他还把一根长长的树枝伸进水里,"抓住!"

"我会把你也拉下水的。"

"不会的。"他坚持道。

她逆流而上,双手抓住了博士递过来的救命树枝。博士刚要往后拉就脚下一滑,扑通一声掉进了水里。树枝从她的指间滑落,被水冲走了。博士在她的上游手忙脚乱地挣扎着。这是什么鬼救援行动。

有什么东西撞了她一下——是块稳稳立在水中的大石头,急流四下奔涌而过。她紧紧地抱住大石头。博士也被冲了过来,她一把抓住博士的大衣。她的手指在湿乎乎的石头上打滑,她以为他们又要被冲走了,但终于牢牢地抓紧了。博士吐出嘴里的水,也抓住了大石头。小鱼在他们身上大快朵颐,两人强忍疼痛,互相帮助爬上了岸。

博士翻身仰躺,大口喘着粗气。

"没时间了。"她上气不接下气地扶着一棵树站起来。

"没时间呼吸?"博士问。

"你得学习如何同时处理几件事。"

博士起身指着奔流的溪水,陡峭的溪岸上空无一物,"我们没事的。博格特都走了,至少现在如此。"

"估计你是对的。"她承认道。

他双手撑在膝盖上,仍在努力调整呼吸。"这句话我最爱听了。不过,这也不会拖延它们太久。它们顽强得很,你我说话这会儿,它们会找到另一条路绕过小溪。"

"那我们还等什么呢?"她掸了掸羊毛衫的袖子。真奇怪,衣服已经干了……而且变成了金色!她的全套制服——裙子、背心、羊毛衫和衬衣都染成了灿烂的金黄色。

"这又是怎么回事?"

博士打量着自己的衣服,他的大衣和裤子也变得金灿灿的。"金线……约翰·迪[1]一定会喜欢的。瞬时炼金术。"

她挽起袖子检查手臂,"但是,这会对我的皮肤有什么影响?"

"你可能有一阵子不需要美黑了。"

"这并不好笑。"她对博士说,"我们不知道这个地方会对

---

1. 英国数学家和占星师。

我们造成什么影响,也不知道我们呼吸的是什么。你也看到那些蘑菇了。"

"我跟你说过了。我以前来过,现在也还好好的。"

"那是你的个人观点。"

"有道理,那次我在另一具身体里。"

"你说话总是这么莫名其妙吗?"

"我忍不住。"他从口袋里掏出一块老式怀表,在耳边晃了晃,看是否还能用。

斯科菲尔德觉得自己像要被烫熟了一样。水不像她想象的那么冷,而是温暖的,跟热水澡的水差不多。她觉得自己在发烫,但愿这不是她衣服的新配色引起的。她脱下背心和羊毛衫,看着博士打开怀表。那里面没有表盘,只有一个像俄罗斯芭蕾舞者一样旋转的数字罗盘。

她把羊毛衫的袖子系在腰间,"所以,我们现在去哪儿?"

"这是个好问题。"

"我知道,所以我才问。既然你以前来过,我就靠你了。"

他啪的一声把表合上,"多极。指南针不知道该往哪儿指了。"

"但是你知道?"

他指着奔流的小溪,"这个世界的运作方式与你们的不同,但还是有很多相似之处。"

"我差点儿就信了。"

"地形大致是一样的。我们正站在隐界的博戈惊吓林里。"

"我们为什么没落在仙子的建筑工地里呢？"

"因为它们这里没有建筑，至少没有我们想的那种。我们在同一个位置，但这里看上去还是哈肯索尔村出现之前的样子，在人类文明开始侵占超地生物的领土之前。"他舔了舔手指，举到空中，"幸运的是，我有无比精准的方向感。"

"还有与之匹配的自恋。"斯科菲尔德嘟囔道。

"哦，不，那方面要夸张得多。"他指着前面远离小溪的方向，"这条路。"他走进树林，斯科菲尔德很意外。

"这条路？路在哪儿？"她追上他。

他从口袋里掏出一条挂着钥匙的长链子，在面前晃来晃去，像要催眠人似的。这是一把普通的耶鲁钥匙，斯科菲尔德在无数钥匙圈上见过的那种。只有一点不同寻常，这把钥匙在发光。虽然光很微弱，但那片金属像心跳一样搏动着。

"这是什么？"她跟着他跨过了一根倒下的树干。

"我的塔迪斯钥匙。它在实界等待着。我知道你要问什么，塔迪斯是我的飞船，而且非常聪明，如果要解释就说来话长了。"

"我相信你。"

"如果我们能找到它的位置，也许我能说服那个老姑娘跳进凹槽来接我们。"

"听起来像个计划。"好吧，实际上听起来完全是胡说八道，但她也别无选择。

博士对她笑了笑,看上去真诚而温暖,"我喜欢你,斯科菲尔德警官,当你不打算逮捕我的时候。"

"简。"

他停下了前进的脚步,"不好意思,你说什么?"

"简。这是我的名字。"

博士微笑着伸出手来,"很高兴见到你,简。"

"我也很高兴见到你,约翰。"

他把手抽了回去,"约翰?"

"那是你的名字,不对吗?约翰·史密斯。"

"啊,对了。"他继续跟着钥匙的指引,"关于那个嘛……"

她叹了口气,"你不叫约翰。"

"我那时必须得想办法让你别刨根问底。"

"所以你就撒谎?"

"不完全是。这个名字我确实经常用。"

"但实际上那不是你的真名。"

他笑了,"差得远了。"然后,好像意识到这会让她反感,连忙补救一句,"抱歉,简。"

她大步走到前面去领路,"你可以叫我斯科菲尔德警官。"

"你不知道该往哪儿走!"他在她身后喊。

"我相信你会很乐意告诉我的。"

一声号叫响彻树林,它在远处,但还不够远。博格特们回来了。

"往哪儿走?"她顿时忘记了刚才的争吵。

博士指着正前方,"快跑。"

她没有等他跟上就撒开了腿,博士在后面喊着指示方向,他们飞快地在森林里穿梭。左拐,右拐,跃过树桩,小心树杈,下坡,上坡。

她的眼睛一直望着前方,知道博士会盯着后面。如果看到怪物,他会告诉她的。八成会吧。她觉得自己信任他,她希望能信任他,即使他的真名不是约翰。

她难道还有别的选择吗?博士是她逃生的唯一希望。

"在那棵大树那儿左转。"

"它们都很大。"

"特别大的那个!"

博格特们现在追近了。她能听到它们在地上的踩踏声,粗野脚步的撞击声,咬牙切齿的嘎吱声。她按照博士说的,向左前方冲去。

"就是这样。它就在前面,坚持一下!"

简·斯科菲尔德以前所未有的速度奔跑。她不知道自己在朝什么跑,不知道这个神秘的塔迪斯其实是什么,但她已经听不到博格特的声音了。也许他们甩掉了那些家伙。也许他们能活着离开这里。

她允许自己回头瞥了一眼,博士正在全力奔跑,胳膊和腿有些不协调。但是,钥匙发出的光愈发强烈。他对她微笑,她也对他微笑。

她完全没看到那条伸来的胳膊如何绕过她的腰,也没意识到自己闯入了险境。然后,她被高高抓到了空中。

25. 礼尚往来

"我抓到了一个，"一个声音尖叫着，"在这儿！"

那听起来像一个女人的声音，但不可思议的老，同时又难以置信的年轻——好像一个风烛残年的老妪和一个蹒跚学步的孩子在异口同声地说话。

简·斯科菲尔德被举到空中，长长的手指缠住她的腰，箍得很紧。至少她觉得那应该是手指，粗糙、有鳞片的手指，直到她低头才发现，那是些木头。她在虎钳般的紧攥下挣扎着抬头去看是什么把她拽了起来。是一棵树！

它的胳膊是一堆拧在一起、扭曲变形的虬结的木头枝干，她摸到的"鳞片"是粗糙的树皮。它有着勉强称得上脸的面部，粗壮的树干上横着一条条破口，勾勒出畸形的眼睛和一张丑陋的嘴。它用吟唱一般的声音喊着："来拿啊！"

"马上把她放下来！"博士在下面发号施令，这树很高，他则远在地面。斯科菲尔德的脑海里闪过挣扎脱身的念头，但是立刻打消了。直接从这么高的地方掉下去，会摔得粉身碎骨。

"它是活的！"她朝下面的博士喊。

"我当然是活的。"树说，"你以为呢？"

"别担心，"博士喊，"会叫的树不咬人。"

"哈哈！"她冷笑两声，两条腿在镀金的裤管里无助地荡来荡去。一只同样镀了金的鞋子滑落了，掉到地上。斯科菲尔德差点想让博士用鞋子瞄准那棵树，虽然那未必真能有什么用处。

"没必要这样。"博士继续说。斯科菲尔德起初以为他是在跟自己说话，后来才意识到他是在跟木头绑匪说话。

"很有必要。"树回答，"他们会给我一大笔好处来换这个的，再加上你！"

另一只粗糙的手臂向博士袭来，他后退一步，那长着尖叶的利爪擦过他衬衫的前襟。

斯科菲尔德在那只大手里扭动，摸向自己的腰带。她确定自己的警棍还在那儿，当然，还有她的防爆喷雾，但她不确定对一个根本没有眼球的东西喷催泪瓦斯能有什么效果。

"树要钱干什么呢？"她嘟囔着。

"钱？谁说钱了？"树嘎吱叫着，"博格特会给我一轮只属于我自己的太阳，只温暖我的树枝，不跟别的树分享。然后其他树就会后悔它们当初不愿搭理我。它们会把树枝伸向我的方向，它们的叶子饥饿难耐。但那些营养仍是我的，全是我的。"

他们周围的枝干沙沙作响，仿佛森林里的其他树木在摇动树干抗议。

地面上的博士笑了,好像这件事有什么可笑之处似的。斯科菲尔德听见一定距离外博格特的号叫,问题是,这段距离突然不再遥远了。他们的追兵逼近了,而她无法挣脱。她把指甲掐进腰间的树皮下,仿佛那些是随时可能剥落的痂,但树却依然紧紧地抓着她,让她喘不过气来。

博士还是不肯放弃,"我们不能达成一个协议吗?"

这话让树闭嘴了。它饶有兴趣地打量着那个穿金色大衣的男人,摩挲着粗糙残缺的下巴,"我听着呢。"

"太好了。因为这里的事情就是这样,对吧?交易?讨价还价?我挠挠你的树枝,你挠挠我的。"

"你能给我一轮太阳吗?"

博士开始在他的口袋里翻找,就像能从一把零钱硬币里翻出一颗多余的星星似的。"也许不能,但我能给你更好的东西。"

"还有什么能比阳光更好?!"树厉声问。

博士像吃到奶油的狼一样咧嘴一笑,"你感兴趣了啊?"

"我当然感兴趣,只要价钱合理,就可以礼尚往来。"

"我就喜欢这样。"博士说,"你会喜欢我口袋里的东西的。你把我的朋友还给我,我就给你一个你自己的同伴。"

"给我看看。"

"我们成交了吗?"

"给！我！看！"

"你可真会讨价还价。好吧。"博士像魔术师那样夸张地一摊手，从口袋里掏出什么东西，用拇指和食指捏着举起来。斯科菲尔德看不清那是什么。树也看不清。

树的手又伸了过来，但博士这次没有逃开。这个白痴任凭自己被抓到空中，直视着捕猎者扭曲的眼睛。

"这是什么？"树盯着博士手里的小东西问。

"一颗橡子？！"斯科菲尔德惊呼。仅此而已？这就是博士讨价还价的筹码？

"这是颗橡子。"博士肯定了她的答案，"是我亲手从诺亚·霍兰德的头发上摘下来的。"

"我拿橡子来干什么？"树冷笑着问。

"这可不是随便什么橡子。"博士坚持道，"这是来自实界的，另一个世界。它不像这片森林里的任何一棵树，它可以专属于你。你可以种下它，滋养它，让它长成一棵参天大树，就在这里，你们的根缠绕在一起。想象一下吧。有个同伴聊天，看鸟儿在你的树枝上筑巢。不像其他任何树，那些一直忽视你的树。所以，你怎么想？"

斯科菲尔德紧紧抓住那棵树粗糙的手指，那家伙正把树洞似的眼睛眯成一条缝，盯着那颗橡子。博格特已经逼近，她能闻到它们的气味。这是行不通的。她会死在这里，死在一个她曾深信不存在的世界里,被一棵孤独的树捏碎,这一切都是因为博士。她再也见不到丈夫和女儿了,这都是他的错。

毫无征兆地,树松手放开了他们,斯科菲尔德惊叫一声,及时运用受过的训练,碰到地面时顺势一滚,没有摔碎脚踝。

博士落在她旁边,不知他用的什么办法,居然都没摔倒。臭显摆。他把那颗橡子像奖杯一样举起来,那棵树笑得合不拢嘴,用骨节突兀的手指温柔地接住了橡子。"和你做交易真的很愉快!"他喊,斯科菲尔德刚站起来他就捏住了她的肩膀,让她调整方向,"希望你们幸福地在一起。"

但是树没有听。它已经开始热情洋溢地称赞起自己的战利品,想让它的邻居们眼红。

"我们能跑了吗?"斯科菲尔德低声问道,把鞋子从地上捡起来。

"我还以为你永远不会问呢。"博士话音未落就开始冲刺。他一边跑一边拍着自己的口袋,越来越焦躁不安。

"你这次又是在找什么?"她问,"获奖的七叶树果子吗?"

"塔迪斯的钥匙,"他承认道,"我一定是把它掉在刚才那里了。"

"刚才那里?"她气急败坏地问,"你刚才没意识到吗?"

"我刚才的心思在别的事情上!"

"但是钥匙能告诉我们该走哪条路。"

"我知道!"

"它能把我们送回家!"

"理论上,是的。"

"你这又是什么意思?"

"这事从来都不是绝对的。塔迪斯有她自己的想法。"

他现在才说!"那我们该怎么办?"她回头张望博格特们是否还跟着。

"首先我们要尽量不被吃掉。"

听上去是个不错的开始。"然后呢?"

"一步一步来。"他厉声说,"我还在努力解决这个问题呢。但是别担心,我总是能成功的。"他语气中的某些东西并不太能激发信心。

"你这话是想说服谁?"她问,"我还是你自己?"

这一次,博士没有回答,这比任何博格特都让她害怕。

26. 三者之首

博格特们在森林里横冲直撞,那女人和男人的臭味还弥漫在空气中。

他们很聪明,会用水作为屏障。他们自以为逃脱了,但是这里无处可逃。他们会希望自己从没跌入隐界,会希望自己一直留在家里,陪伴着引擎、机器和那些肮脏的技术。

哦,博格特们知道技术是怎么回事。它们透过帷幕瞥见了它,看到了人类对自己的成就是多么自豪,多么自信。

但人类还是会死,会衰老,还是很脆弱。

博格特们知道的还不止这些。它们知道这个男人是异类,既不属于隐界,也不属于另一个世界。它们能闻到他身上散发的漂泊气息。他云游远方,见多识广。这会让结果更美妙的——在他意识到自己命中注定无法逃脱的时候。一个步履不停的追梦人,将被困在噩梦之中。

它们会让他跳舞。直到他双脚血肉模糊,神志迷糊不清。它们会在他的绝望里饕餮,在他的衰颓中狂欢。只在合适的时候,它们才会杀死他,一如既往。

理应如此。

他会是它们的俘虏,任凭它们处置。

博格特之首手脚并用在地上奔跑,这样能跑得更快。这将是一次伟大的捕猎行动,会成为歌谣与传奇。

有些博格特已经忘了如何歌唱。它们只关心那个迷失者,终日心慌意乱、捶胸顿足。它们充满悲伤和悔恨、悼念和哀思。它们才就不。它们不关心迷失者。在猎物夺命奔逃的时候,不关心;当有游戏可玩的时候,不关心。

一只手抓住了三者之首,把它从地上拎了起来。

"放开我!"它在半空中责骂。这不可能。它是三者之首,是狩猎大师,居然被森林里一只卑微的树精诱捕了?它会报仇的。它会把这棵该死的东西烧成灰烬,徒手把它的木头心脏从树干里硬扯出来。

树知道三者之首想把它怎么样,还是毫不畏缩,连一丝颤抖都没有。相反,它长出新的枝干猛击地面,抓住了它的兄弟们,就像用罐子笼住小精灵那样容易。它们划开树皮,吸食树汁,但树还是把它们都抓得紧紧的。它还抓着别的什么东西,一粒小东西,一粒个头虽小却自有乾坤的种子。

"看看我的战利品!"树欢呼着,"它会长成很棒的同伴,你们觉得呢?它一定会是个好伙伴。"

三者之首想劈开木头手指时，发现自己闻不到刚才的气味了。它们的猎物不见了。

　　但他们不会走远。从来没有人逃脱过。

　　它们会杀死这棵愚蠢的树，继续狩猎。

　　然后舞会将重新开始。

27. 回　家

他们还没走到家门口，诺亚就嚷嚷起来："外婆？外婆！"

玛茜的拇指在门铃上按个不停，直到厨房的百叶窗一动，希拉里·沃什透过遮光条往外看，想知道是什么引起了这番骚乱。她一眼看到了挂在比尔肩膀上的萨米，遮光条啪的一声合上。众人听见外婆跑到门厅，一把打开了门。

希拉里站在门口，目瞪口呆，仿佛时间凝固了一般，对眼前的一切不知所措。

"能帮忙搭把手吗？"比尔提醒她。从树林里出来让她筋疲力尽。怀里的萨米是个沉重的包袱，她几乎挪不动腿，一路上胡言乱语，还不肯睁开眼睛，这给比尔徒增负担。

"她有点不对劲儿。"玛茜告诉外婆，希拉里这才回过神来，帮着把萨米带进屋里，"她真的不对劲儿。"

"啊，我可怜的宝贝。"走进大厅时，希拉里仍手忙脚乱，"看看你现在的样子。你去哪儿了？"

萨米绊了一跤，脚磕在台阶上，猛地向前栽去。"当心！"

比尔及时拉住希拉里,才没跟她一起摔下去。

"她去哪里了?"希拉里跪在女儿身边,膝盖嘎吱一响。

"在树林里。"比尔说,"躲在一棵树下。"

"躲在什么下面?"

玛茜绕过外婆,从书架上拿起手机,"我们得叫救护车。"

"好主意,亲爱的。"希拉里想把还趴在地上的萨米翻过来,"你能叫救护车吗?"

玛茜已经输入了号码,"当然能。"

"我不太确定那能帮到她。"比尔把诺亚紧紧地搂在怀里,徒劳地想安慰这个吓坏了的孩子。

"你这话是什么意思?"

萨米翻过身来,仿佛是要回答妈妈的问题——她睁开眼睛,亮光从脸上射出,差点要把希拉里照瞎了。后者惊恐地尖叫起来。

这叫声惊扰了萨米,她狂躁起来,用一只手紧紧捂住耳朵,在地板上乱爬,还撞到了玛茜的腿。小女孩也尖叫起来,失手把手机砸在妈妈头上。这让萨米哭喊起来,大多是出于恐惧而非疼痛。她像一只发疯的蜘蛛似的急速爬进客厅,躲到一张皮革大椅子的后面,靠墙缩成一团。她的头埋到膝盖上,眼睛还睁着,在房间的角落里像体育场的照明灯一样闪耀。

"萨米,我亲爱的,"希拉里冲进房间,想把椅子拉开,"对不起,我不是故意吓你的。你怎么了?"

"快停下，别这样。"比尔朝她冲过去，伸手按住椅子，"那只会让事情更糟。"

"我需要跟她谈谈！"希拉里的声音近乎歇斯底里。

"她在那儿才有安全感。"比尔辩道。

"她是我女儿！"

"不，我想她不是，现在不是。她更像一只受惊的动物。"

比尔俯身让萨米看见她，并保持一段安全距离，以免萨米产生围困感，"萨米？萨米，你能和我说说话吗？我们带你回家了，你安全了。"

"不，"萨米咕哝着，眼光低垂，"不安全。困住了。还是困住了。"

"你没有。我保证，我们都在这儿陪着你。"

"孤独！"萨米抬起头来哀号，比尔被她眼中射出的亮光弄得睁不开眼，"很久啊，孤独。"

诺亚在后面恳求着姐姐，"快叫救护车！"

"我正在试。"玛茜一边拨999一边回答。她把手机举到耳边又拿开，看着手机的显示屏，"打不通！"

"当然能打通。"希拉里厉声说着，从玛茜手里夺过手机。她听了一会儿手机里的声音，又试了一次，她的拇指狠狠地摁下按钮，三声电子音随之响起。她又把手机拿到耳边，皱起了眉头。"线路有问题。只有杂音。"她环顾房间，"我的手机放哪儿了？"

"给。"比尔从口袋里掏出自己的手机,输入开机密码,直接交给了希拉里,"用我的。"

希拉里没道谢就接过手机拨了号,但她又一次失望了,"还是没信号。"

比尔起身拿回手机。她看着屏幕,不是信号的问题,是整个手机,电源断断续续的。

房间里的灯也开始闪烁,电视机突然打开,屏幕上出现雪花点,扬声器里传出了白噪音。

"出什么事了?"诺亚抓住他的姐姐,玛茜连忙抱住了他。

比尔又跪了下来。"是萨米。"她看着那个吓坏了的女人,"这是她引发的。"

灯具里的灯泡炸开,玻璃碎片像雨点一样散落下来。

"好孤单。困住了,困在下面。想自由,他想自由。"萨米仍然低声嘟囔着。

"他?"希拉里问,"她在说谁?"

"闪灵人。"比尔意识到,"诺亚,他把你妈妈拖到地下去了,对吧?你在卧室里看到他们的时候?"

诺亚点点头,"是的,进了一个洞里。"

比尔捧着萨米的头,让她无法把脸扭开。比尔盯着萨米明亮的眼睛,闪耀的光线刺得她眼泪直涌,"萨米,是闪灵人被困住了吗?他不能逃走吗?"

"孤单!"萨米恸哭着。

"你能带我们去看看吗?"

"什么?"希拉里气呼呼地说,"她哪儿也不去!她刚回到家。"

萨米跌跌撞撞地站起来,抓住比尔的手腕,"带你去那儿!现在!"

28. 一位旧友

"拜托,"斯科菲尔德喘着粗气,"我必须歇一会儿,就一分钟。"

她斜靠在一棵树上,感到指尖下树皮在收缩,赶紧把手抽了回去。"对不起。"她轻声说。跟树说话已经不会让她难为情了。真令人惊讶,她居然这么快就适应了一个万事无常的世界。

要是她也能习惯这炎热就好了。这既不像家乡的夏天,也不像在国外度假时的干热。她无法描述,那种温度似乎是从地面辐射出来的。她松开衣领,卷起袖子,衬衫已经湿透了。她嘴里很干,感觉舌头都比平时大了一倍。

连博士也不再奔跑,把大衣脱下来随意地披在肩上。在这种可怕的天气里,他看起来仍悠闲得像是在周日散步,眉毛上连汗都没有。

"它们不会离得很远的。"她撑着身子气喘吁吁时,他提醒道。

"你还是不知道怎么回去吗?"

"我当然知道。"他听起来真的很委屈,"我会带着咱俩回到建筑工地，或者至少是对应的位置。如果通往实界的大门曾经打开过一次，我们就有可能再次把它打开。"

"有可能？"她抬头盯着他，几缕湿乎乎的头发还黏在眼前。

"为什么人们总是这么轻视可能性？"他反问道，"可能性是好的，可能性离可行性只有一步之遥。你宁愿我放弃吗？"

"我宁愿你不要对我撒谎。"

这让他不再滔滔不绝，"什么？"

她站了起来，仍觉得胸口透不过气。她用手指戳了戳一棵紫色的大树，它粗壮的树干伸展成一根叉子的形状。"我们半小时前就路过了这棵树。事实上，已经路过两次了。你其实不知道我们在往哪儿走，因为我们在兜圈子。"

"不，"他坚持道，"这不可能。"他扭头去看那棵树，却在避开她的目光时承认了真相，"确实如此，我一向准确无误的方向感居然抛弃了我。"

"没人怪你。"

他转过身面对她，"听起来你就在怪我。"

"博士，我们已经被那边的某棵树袭击过了。谁敢说森林的其他部分会原地不动呢？或许我们每走一步，道路都在切换？"

这个念头让他的表情阴郁起来，"我想，是有这个可能。"

他突然显得很不自信。斯科菲尔德觉得，尽管这对博士来说并非全新体验，但他仍然不知所措。他显然是惯于取胜的人。

"那么，我们该怎么办呢？"她觉得，如果任他自艾自怜，很可能会害得他俩都被抓住干掉。

他正要开口，却又皱起了眉头。他把目光从她身上移开，转身仰头夸张地深深吸气。

"你在干什么？"

他又使劲闻了闻，露出一脸迷惑，"有件事不对劲儿。"

她双手叉起腰，"只有一件事吗？"

他眯起眼睛，"你没闻到吗？"

"博士，我几乎什么都闻不到。这整个地方都充斥着腐败的甜味。"

"这边。"他向左边走去，跳过一棵开满花的小灌木，被惊扰的花朵飘散开来，像蝴蝶一样在空中飞舞。斯科菲尔德叫出了声，抬手挡开在眼前扑棱的小花瓣，但当这群奇怪的生物飞上天时，博士早已走远了。

"等等我！"她朝他消失的方向喊道。她的腿已经累极了，这意味着她无法从灌木上一跃而过，只能披荆斩棘穿过去。她的裤子被灌木上带刺的枝条钩住，她一把扯开，听到衣料撕破的声音。制服上又多了个破洞，拜全新配色所赐，这套制服早已不合规了。

没过多久她就追上了博士，他还在跟着鼻子走。

"这要是管用，我们就雇你当警犬。"她嘟囔着，觉得把全部希望寄托在一个男人的嗅觉上有点可笑。

"穿过这里。"他毫无预兆地改变了方向,然后从右边一丛密密麻麻的树中间挤了过去,"借过一下,女士们。"

她也跟着这样做,脸颊擦过树皮。为什么这些树都挨得这么紧呢?也许它们是依偎在一起聊八卦?这种疯狂的想法只会在这里出现。她揉着酸痛的脸,发现博士在前面停下,凝视着一个完全出乎她意料的东西。

空地中间停着一辆露营车。如果根据它的状况来推断的话,车已经停在那儿很久了。车身锈蚀得厉害,最后一点残存的黄油漆也脱落了。底盘周围的草长得很高,轮圈和毫无光泽的保险杠上都缠绕着藤蔓。

然而,博士还是像见到了老朋友一样走近那辆露营车。"维尔玛,维尔玛,维尔玛……"他轻声说,"你怎么了?"

"你认识这个东西吗?"斯科菲尔德从积满污垢的窗户外往里窥视。

"我的一个朋友……嗯,其实只算熟人吧。你也见过她,夏洛特·萨德勒,也就是英国密姐。"

"拿着手机拍个不停的丫头。"

"就是她。"他用手指抚摸着车身上的污迹。

"我猜她也并不是为UNIT工作的吧?"

"暂时没有,尽管他们的某些员工还不如她。夏洛特生前非常执着，这是肯定的。"

斯科菲尔德不喜欢博士话里的暗示，"'生前'是什么意思？"

博士消失在露营车后面，"你最好自己过来看看。"他站在车门边。门把手周围的油漆不是被刮擦掉的，而是被挖开的，金属上留着深深的划痕。"你觉得这些看起来像什么？"

答案显而易见，"爪痕，很多很多的爪痕。是博格特干的吗？"

他没有回答，而是从口袋里掏出一只她外公修钟表时戴的那种单筒眼镜。他把大衣扔到地上，镜架安好，俯身检查划痕，"我就觉得是这样。"

"是怎样？"

"爪痕周围的油漆已经鼓泡了，是高温引起的。肯定会烫伤手指。"

他碰了碰眼镜侧面的一个按钮。眼镜发出哔哔声，然后呜呜作响，随即噼啪冒出火花。博士猛地站起来，眼镜掉到他脚边的草地上，还在使劲冒烟，电路燃烧的气味隐约可闻，几乎淹没在森林里令人作呕的臭气中。

"这是正常的吗？"她问。

博士眨眨眼恢复视线，又揉了揉眼睛，"在激活热视滤镜前，我就该想到这一点的。科技在这儿可能会有点脾气。"

"我的这个还行。"她轻拍着自己戴的墨镜说。

"那个有内置的维度保护罩。"他解释道，"如果它失灵了，声波振动会把你的大脑搅成大米布丁。"

"你等到这会儿才告诉我。"她摇着头无奈地说。

博士向她身后的树林里窥探，"音速罩也意味着你听不到那个，对吧？"

"听不到什么？"她扭头看向身后，几乎准备好面对一群垂涎三尺的博格特了。

"音乐。"他阴郁的样子似乎在告诉斯科菲尔德，那曲风不合他的口味。

"在附近？"

他点了点头，"不远。"

他走回露营车旁去拉车门。门卡住了，滑动部件早就生锈了。他更用力了一些，门被猛地拽开，滚轮发出刺耳的声音。

露营车里一片狼藉。裂开的门板挂在残破的橱柜上，椅子都被大卸八块，垫子散落在杂乱的地板上。博士拂开地板上的碎屑，发现那里有泥泞的脚印。

斯科菲尔德感到一阵不适。这些脚印太大了，不可能是人类的脚印，还是六个脚趾，每个脚趾顶端都很尖。她想象着博格特曾在那里的画面——咆哮，撕咬，把可怜的女孩拖出了门。至少这里没有血，至少她还没发现。

博士沉着脸走出门，"你能把门关上吗？"他的话硬邦邦的，压着怒气。

她使出了吃奶的力气去对付紧紧卡住的滚轮，最后终于让它归位。

博士面朝树林站着。从他看到露营车里的情况时开始，他的眼中就充满悲伤。现在，悲伤变成了义愤，怒火中烧。

她走到他身边，不想打扰他。他什么也说，只是伸手敲了敲她墨镜的侧面。森林里的背景音发生了变化，她可以听到旋律穿过树林倾泻而来。"听起来还不错，"她说，"很蹦跶。"她保证自己以前从来没用过"蹦跶"这个词。

博士回去拿起大衣。天气还是很热，他却把胳膊伸进金色的袖管里，重新穿上了大衣。这一幕忽然给斯科菲尔德一种感觉：一位骑士披上盔甲，准备征战。

"你刚才问我们要做什么，斯科菲尔德警官。"他正了正衣领，掸去袖子上的草叶，"是时候去对付音乐了。"

"去跳舞？"她挤出一个笑容。

他看着她的眼神很肃穆，"我希望不是。为了你我好。"

29. 跳舞的女子

这次他们倒用不着走多远。博士带路穿过树林,发现了一个陡峭的河岸。河岸上长满高高的荨麻,它们在飘来的音乐中随风摇曳。

"别被它们刺到。"博士说完就一头扎进荨麻里,往斜坡上爬。

"为什么?"她压低声音问,"会发生什么?"

他停下脚步低头看看,"最好的可能性是,会痛。"

"那最坏的可能呢?"

"你会变成它们。"

"我会变成荨麻?!"

他已经继续往前走了,"比这更奇怪的事也发生过。"

她希望他说那只是个玩笑,但她已经在这里待了够久,知道他是认真的。

幸好她之前没直接把羊毛衫扔掉。她从腰间解开羊毛衫重新套上,拉链一直拉紧到脖子。她又把裤腿塞进袜子里,手缩进袖子里,然后去追博士。她爬上河岸时,荨麻已经齐腰深了,她的

215

脚在杂草中艰难地寻找稳固的立足点。她向前跌倒了好几次，每次都把罩着羊毛衫的胳膊挡在前面保护脸，以免被荨麻扎到。带刺的树叶挂在她的外套上，她也无暇顾及，只能祈祷那些毒针不要在她伤痕累累的制服上找到入口。

她爬到河岸顶部，抓住一根长长的树枝把自己拽上最后一米。博士躲在前方的灌木丛后面。她低头跑过去蹲在他身边。音乐现在更响了，而且无比扣人心弦。斯科菲尔德的手不由自主地合着旋律在膝盖上打拍子。事实上，她整个身体都莫名兴奋。她感到头重脚轻、睁不开眼，不由自主露出一脸傻笑。她摇摇摆摆，笑意在她心中如暗潮涌动，她竭力忍住，但心里知道那笑声还是会冒出来。她怎么了？她为什么要在意呢？这感觉很好，无论它到底是什么。她不想憋住笑，想欣然接受。谁在乎这是否会暴露他们？她想跳舞，想得要命。尽管她的腿还在抽筋，也腰酸背痛。跳舞会让一切都好起来，跳舞会让她充满活力。

笑声从她的唇齿之间溜了出来，世界开始旋转……

博士靠过来，轻轻拍了拍墨镜。然后，她就像被扇了一个大耳光一样，瞬间清醒过来。斯科菲尔德环顾四周，不知所措，仿佛才意识到自己身在何处。

"不好意思，"他小声说，"我得让墨镜先采集几格数据，才能过滤掉影响。"

斯科菲尔德抬起头。博士是对的，她现在完全听不到音乐了，尽管她体内还能感觉到轻微的余震。她觉得应该告诉博士，刚才她明知那种感官体验非常可怕，却依然无比喜欢。"它对我做了什么？"

"听说过精神控制吗？"

"听过，但刚才那只是音乐吧。"

他不满地看着她，"只是音乐？音乐是最根本的。"他拍了拍胸口，"它深入内心，直达灵魂。你看过没有配乐的电影吗？动作显得生硬，情感难以共鸣；而一旦加上了背景音乐，就能让观众感受到你想激发的情绪。"

"但音乐是从哪儿来的呢？"

他指了指灌木丛后面，斯科菲尔德却什么也看不见。一层浓雾低低地压在他们面前，笼罩着远处的田野。

"再仔细看看。"他对她说。

"怎么……"她还没问完，视野就变清晰了。并不是雾变薄了，她知道雾还在那儿，但她的念头似乎让墨镜有了反应，为她穿透了迷雾。

这就是透视眼的感觉吧。

雾中逐渐显现出什么东西的轮廓，一团团长长的影子围成一圈。是石头！那些是竖立着的石头，每块石头上都布满影影绰绰蠕动的苔藓。

她现在可以看到火了，杆子上架着火盆。这还不止。很多身影聚集在石头周围,载歌载舞,欢呼雀跃。墨镜逐渐聚焦,勾勒出它们的模样,斯科菲尔德险些叫出声来,还好她用手捂住了嘴。

在那之中,有肢体瘦长、头发蓬乱的博格特;也有像双层巴士那么高,脸上长满毛、手上毛更多的巨人;有四肢粗短的小怪物,它们还不到博格特那皮包骨头的膝盖高;还有的看上去就是一团团令人作呕的肥肉,层层叠叠的肉褶上布满打旋的文身,锯齿状的獠牙从那些淌着口水的大嘴里戳出来。

还有些在空中盘旋的东西,来来回回,像盛夏里时刻准备进攻的黄蜂。它们和博格特肯定是表亲,皮肤上也长满斑点,长长的手指像尖利的爪子。但它们有长锥形的脑袋和卷曲的短发,突出的肩胛骨上,半透明的翅膀不停地拍动。

"精灵族。"博士平静地说。

"在我看来,它们一点儿也不像精灵。"

"绝对不像。"

"它们在看什么?"

"跳舞。"博士的语气让人觉得"跳舞"是英语里最可恨的词汇。

斯科菲尔德勉强看见一把巨大的金色竖琴,它在火焰的光芒下闪闪发光。弹奏者身体只有小孩子那么大,却有蜘蛛一样的长胳膊。它的手指在琴弦上轻拢慢捻,弹奏的乐声离得这么远也能让人着迷。斯科菲尔德在石阵中央发现了什么。

有人在跳舞，随着音乐一圈又一圈地旋转着，挥动手臂，踢着腿。

她想再拉近一些看，于是墨镜就照办了，像照相机镜头一样放大了画面。这玩意儿能心灵感应吗？

她能辨认出破烂的短夹克和磨损的牛仔裤。那是个女人，自顾自地跳着舞，仿佛观众都不存在，她只是在音乐中忘我地舞动。她的头耷拉着，好像脖子无法承受脑袋的重量，头发则被一顶黑色的小圆帽遮住。

"那是你的朋友。"斯科菲尔德认出来了，"夏洛特。"

"她一直想成为焦点。"

夏洛特在圈子中不停地旋转，现在转到了面对他俩的方向。她的脸很憔悴，口鼻周围的皱纹很深，眼睛在深凹的眼眶里转动，帽子下露出一绺头发，发色如她的脸色一样苍白。

"她怎么了？"斯科菲尔德问。墨镜又为她拉远了视线。

"她跳了很久的舞。"博士回答，"而且会一直这样跳下去，直到她的观众厌倦了，或者她的心脏在胸腔里破裂……"

30. 三者之终

作为三个博格特之首,它很嗜血。它想咬碎骨头,想让猎物尖叫。

它们要杀死这棵树。它们折断树枝,剥掉树皮。汁液在流淌,树在反击。树精把三个博格特摔到地上,用树枝鞭笞它们的背。树根从地里钻出来,像蟒蛇一样紧紧地缠住它们。三者之首听到某个兄弟的脖子折断的声音,看到它全身瘫软地被拖进泥土里。

三个变成了两个。

但是树还没有罢休。它举起一只巨手,狠狠地砸下来。另一个博格特惨叫一声,树冠上的鸟都被吓得一飞而散。当树的手再次抬起来时,地上的博格特再也不能动了。

两个变成了一个。

三个博格特之首并不想死。树根攀上它的腿,要把它也拉进土里。它拼命撕扯挣扎,终于摆脱了。

它逃走了,浑身是血,伤痕累累,孤孤单单。树的嘲笑声仍在它耳边回响,抛弃兄弟的痛苦让它心碎。它们将与森林融为一体，它们会安息。但它不会，在为兄弟们报仇之前，不会。

来自另一个世界的那个女人和那个男人，这全是他俩的错，都怪他们。是他们给了树精奖品，那个它无论如何都要保护的战利品。现在他俩要为此付出代价。

三者之首闯过森林，一路劈砍身边的树，从它们无辜的哀号中获取快感。

"他们去哪儿了？"它质问道，"要么指路，要么去死。"

那些树指给它看了，愚蠢的懦弱的树。它们摇晃着树干，挥动着树枝，指明了方向。

然后它找到了他们。三者之首不再奔跑，躲在一棵树后观察它的猎物。

他们在舞者停车的空地上，那车是很多季节以前从实界拖过来的。三者之首讨厌那玩意儿，金属的臭味灼伤了它的鼻子，但它此刻的怒火烧得更旺了。

那个云游过四方的男人打开了车前盖的门，探身看向里面，他的同伴坐在方向盘后面听从指令。随着咳嗽和咆哮声，车轰鸣起来，冒出滚滚浓烟。那男人砰的一声关上前盖，爬进车里。

他们的话很奇怪，但三者之首能猜出他们的意思。

"我来开。"

"不，我来。"

"你可以下车去走路！"

车子咕噜响着,往前一蹿,扯断了车轮上的杂草。

它不会再让他们逃脱了。

三者之首从树后冲过来,露出尖牙利爪。方向盘后面的男人透过碎裂的前窗看到它,睁大了双眼。车子突然转向冲进树丛,只留下一团恶臭的尾气。三者之首纵身一跃,落在车顶。车在树丛间颠簸,金属炙烤着它的皮肤,但它仍坚持着向车头爬去。

他们正朝圆圈的方向开,去舞者那里。他们永远到不了石阵的,它会保证这一点。它会把这个丑陋的大机器撕成碎片,然后抓住他们。

一根树枝打到它的脸上,差点把它掀到地上。是哪棵树干的?是故意的吗?不过,现在这并不重要。

尽管被烧焦的皮肤还在嘶嘶冒着烟,它仍抓紧车顶不放。剧烈的疼痛撕裂了它仅存的理智。三者之首几乎忘了它为什么在这里,也忘了它如此渴望杀死的到底是什么。但无论如何,它都要杀戮。

车在它身下摇晃着,爬上小山坡前往跳舞的地方。三者之首还想继续抓牢,但它的手指松开了。它的身体一路滑下去时,爪子在那该死的金属上划出了一道道深沟。它被甩了下来,车子疾驰而去。它跌到地上,滚过荨麻丛,最后才在坡底停了下来。

它的皮肤上布满水泡,四肢无比沉重。它不能动弹,胳膊和腿上长出了茎,又细又长的茎。

是它的茎。

越来越粗的长茎上窜出花苞,花朵为了捕捉阳光而怒放。

是它的花。

展开的叶片下钻出细小的针,毒液在针尖上闪烁着。

是它的叶子。

三者之首不再想捕猎了。

三者之首不再想它的兄弟了。

三者之首不再思考了。

它和其他荨麻一起摇摆,随着跳舞的音乐摇摆着。

31. 闯入舞池

斯科菲尔德很好奇，在仙子森林的三十年风雨把这辆车侵蚀得锈迹斑斑之前，它的悬架到底是什么状况。

她仍然很难接受博士的说法。昨天见到那个姑娘时，她还青春洋溢，不知怎么的竟然已经被困在这里许多年。她日益衰老，但原来的时间线几乎没过几个小时。就像哈罗德·马特的事一样，这让人难以置信；也就像哈罗德·马特的事一样，斯科菲尔德亲眼看见了结果。

露营车在布满荆棘的斜坡上颠簸起来，博士重新发动引擎，对着破车大喊大叫，敦促它继续前进。刚才车顶上有什么东西，他们能听到它的咆哮、抓挠和尖叫，那一定是个博格特。她以为随时会有一只长着利爪的手臂伸进挡风玻璃，但博士把车开过小山包后，那动静忽然停止了。一声压抑的惨叫后，一个沉重的躯体砰砰砰滚过车顶的声音传来，然后就没了。

露营车重新落地，一头扎进雾里。

"开雾灯！"她对他喊。

"灯泡早就没了！"他一脚踩下去，两人都向前冲去。斯科菲尔德撞到了仪表盘上，再次庆幸她的安全带依然管用。

他们的出场声势浩大。仙灵们都转过身，对开过来的露营车发出嘶嘶声。

一个仙子张牙舞爪地冲向他们，博士猛地转向，那家伙身侧被车撞了一下，从碎裂的挡风玻璃上弹开了。其他怪物也都向他们奔来，巨人沉重的步伐使整个地面震颤不已。一个博格特来到车边，伸手握住门把，却只发出一声痛苦的号叫，松开了手。

"每个传说都有现实基础！"博士把维尔玛往左一扭，大喊，"仙灵对铁过敏。"

"而钢是由铁炼成的，这我知道。"斯科菲尔德紧紧抓住头顶上的把手，"科学课以后再讲吧，专心开车！"

"哦，你真扫兴！"

他又一个急转弯，让露营车在原地打转。维尔玛的车尾碰到了一个巨人的腿，引起震耳欲聋的吼声，甚至穿透了音速罩。博士加速驶离了石阵。

"你要去哪儿？她在后面。"

"你让我专心开车的！"

他猛地把方向盘往左一拽，车在泥浆中打滑画了个圈。挡在路上的仙灵四处逃窜。在那个可怕的瞬间，斯科菲尔德觉得博士会直接把车撞上一块巨石。然而，他又往右变向，车的一侧擦到了巨石上。

"夏洛特不会喜欢我干的事的。"他说。

"我想她已经不在乎了。"

曾是夏洛特·萨德勒的老妇依然在舞池中央旋转着。

博士拉下手刹让露营车急停,车尾大力一摆,撞进了金色的竖琴里。那个胳膊像蜘蛛一样的演奏者已经逃走,金灿灿的乐器消失在维尔玛的轮下,音乐在一阵刺耳的嘎吱声中戛然而止。

夏洛特像破烂的衣服般倒在了舞池中。

露营车已经完全失控,博士竭力想阻止它侧滑。斯科菲尔德闭上眼睛,不敢就这么看着他们从一动不动的夏洛特身上轧过去。

他们摇晃着停了下来。

"行动!"博士大喊着,想从她身边挤出去。

"你那边也有门。"她抱怨道。

"那扇坏了。"

副驾驶的门也一样,锁还牢牢地卡着。斯科菲尔德使劲踹,一下,两下,门弹开了。她从座位上爬出去,博士也跟着跳了出来。

露营车没有撞到夏洛特,但后者还是一动不动。斯科菲尔德蹲到她身边,去摸她的脉搏。脉搏还在,但是很微弱,现在她可以仔细端详夏洛特了,对方的情况确实很糟,小圆帽下的脸毫无生气,皮肤薄得近乎透明。

夏洛特呻吟着,眼皮在颤动。她开始全身发抖,陷入痉挛。

这一定是隐界铺天盖地的色彩和声音引起的。博士在走回露营车的路上说，夏洛特跳舞的这么多年里，仙灵会利用它们自己的科学来让她活着。现在她虽然不再被音乐束缚，却也失去了保护。她的感官正在受到攻击，在身体这么虚弱的情况下，她会休克。

只有一个办法。斯科菲尔德摘下音速墨镜。毫无防护地重新面对隐界，让她的呼吸又急促了起来。她把墨镜推到夏洛特的脸上，效果立竿见影。夏洛特不再颤抖，四肢软了下去，斯科菲尔德则觉得自己要烧起来了。

"站住。"她听见身边有人喊，是博士。她转过身，竭力克制着呕吐的冲动。她的视线很模糊，像透过棱镜在看一切——他挡在她们和逼近的仙灵间，张开双臂，仿佛可以凭一己之力拦住博格特、仙灵、巨人以及鬼知道后面还跟着的什么。

"如果你们伤害了她们，"他喊道，"就永远得不到你们想要的了。"

"我们想要什么？"一个如同指甲划黑板的声音问。

斯科菲尔德的心跳得太快了。她的胸腔就像是被钳子夹住了一样，压力每分每秒都在增加。

"迷失者，"博士接着说，"我知道去哪里找它们，至少我认为我知道。那就是你们要找的，不是吗？所以你们才把夏洛特带来，才把我们带来。"

"迷失者！"几十个怪物发出异口同声的呼喊声，"迷失者在哪里？"

"在我们的世界，在实界。但我可以帮你们。我可以找到它们，而你们必须让我们走。把我们送回去，我就会把迷失者找回来，我保证。"

"我们为什么要相信你呢？"

"因为我除了承诺一无所有，而承诺才是最重要的。只要你们相信我，我就相信你们。"

"就这样把你送回去？"

"是的。"

"如果我们想让你为我们跳舞呢？"

"哦，我能跳舞。我可以跳很久很久。比夏洛特久得多，比警官也久得多。但如果让我跳舞，你们就再也见不到迷失者了。把我送回去，迷失者就能回到你们身边，回到它们所属的地方。礼尚往来。"

"礼尚往来？"

"这里的规矩就是这样的，对不对？"

斯科菲尔德感到自己的大脑都想从颅骨里爬出来。她想起马特重新出现时说的话："颜色。颜色。"

身上每个细胞都跟着了火似的，他像这样活了多少年？她想把眼镜从夏洛特那里拿回来。对方已经是个老人了，她的人生算是过完了，尽管她这一生都被困在噩梦中。但是斯科菲尔德还年轻，有家庭，有孩子。也许，如果把眼镜拿回来，她就能幸存，就还能再见到家人。

但她发过誓。

【我庄严而真诚地宣布并确认，作为一名警察，我将全心全意为女王服务……】

"你们怎么想？"博士向那群怪兽发问。

【……以平等、廉洁、勤勉、公正，维护基本人权……】

"我们成交了吗？"

【……对所有人一视同仁……】

"你们为什么不回答？"

【……我将竭尽全力，保持和维护和平，防止……防止……】

后面的她记不清了，下一句怎么也想不出来。她几乎不记得自己的名字，也不知道为什么她会把一个垂死的女人抱在怀里。至于那个对着怪物大喊大叫的声音……她只知道自己认识他，但不知道他是谁，也听不清他在说什么。

"交易达成。"另一个声音说，这个声音听起来根本不该存在，"礼尚往来。我们会送你回去。"

男人的声音笑了起来，呼唤着她："你听见了吗，简？它们要把我们送回去了。你要回家了，就像我说过的……"

然后她就什么也听不见了。

32. 交通安全记心间

"你们得回家!"比尔对玛茜和诺亚说。她帮希拉里扶着萨米,走向臭虫巷的尽头。

"我们都得回家,"希拉里坚持道,"萨米需要帮助。"

"帮助……"萨米重复着母亲的话,双臂绕在她俩的肩头。

"需要帮助。请帮助。"

"我们就是要跟你们一起去。"玛茜牵着弟弟的手走在后面,不肯回去。

比尔能理解他们。如果她妈妈回来了,比尔也绝不会再让她离开自己的视线。

"但是,我们要去哪里呢?"希拉里问。

"被困住,"萨米喘着气,好像这就是答案,"给你们看。"

他们走到小巷的尽头,夜幕降临,华灯初上,汽车从布朗尼山头呼啸而下。

比尔转向萨米。那女人低着头,蓬乱的头发像窗帘一样挡住了她的脸。也许希拉里是对的,也许出门是徒劳无益的,也许萨米就应该回家躺在床上,或者躺在救护车里。

但她知道,如果是博士,他会继续前进。

"现在往哪儿走,萨米?"她问,"告诉我们,要去哪儿?"

"被困住了。"

"对,你说过了,但是困在哪里?"

萨米抬头睁开眼睛,目光像灯塔一样照亮了整条街,"多么孤单。"

"亲爱的萨米,"希拉里恳求,"别这么做。会有人看到的。"

"看到我在哪儿……"

"对,看到你就像那些怪人一样闪闪发光。"

"外婆!"玛茜大声说。

"她确实是啊,"希拉里坚持己见,"我们可不希望她被送到精神病院去!"

"不,玛茜不是那个意思。"诺亚打断她的话,指向路的另一头,"你看,妈妈在看什么!"

比尔顺着萨米的目光望过去。她眼中射出的光芒反射在哈罗德·马特家的墙上。

"建筑工地?"比尔问她,"你想让我们去那儿吗?"

"去找到我。"萨米含糊不清地说,头又垂了下去,眼中的光也熄灭了。

"我们走吧!"诺亚松开姐姐的手,向路上走去。

"等等！"玛茜大喊，抓住弟弟的肩膀把他拉回来，"有辆车来了。妈妈怎么跟你说的，不能乱跑。"

他们耐心地等待一辆蓝色的汽车从布朗尼山上疾驰而下，车灯就像萨米眼中射出的光芒一样亮。比尔看到司机正在打电话，真是个白痴。如果诺亚刚才真的跑出去了，他根本来不及刹车。

像是要测试她的猜想一般，司机突然急刹车。汽车猛地停住，险险停在它差点撞上的人面前，那个人刚刚凭空出现在马路中间。

那不是别人。

"博士！"比尔叫他，"你从哪儿来的？"

惊魂甫定的司机也很想知道答案。"你以为你在干什么？"他从窗口探出头来嚷嚷，"那样跳到汽车前面，我差点害死你！"

博士不搭理他，兜着圈子好像在找什么东西。"不，不，不，不！"他大喊，"你们应该把我们都送回来。我们三个！"

司机按着喇叭，"别挡道，你这白痴！"

"你说得对，"博士表示同意，"我是个白痴！'把我送回去，我就把它们带给你们。'我就是这么说的。不是送'我们'回去，而是送'我'回去。它们同意了我提出的条件。"

"我这就来收拾你。"司机打开车门。

博士第一次注意到萨米，跌跌撞撞地离开了大马路，"你们找到她了！干得漂亮！"

他身后的司机顿时觉得自己在博士身上浪费了太多时间，于

233

是关上车门开走了。

"你是怎么做到的?"博士走到人行道上时,玛茜问他,"你刚才是怎么忽然出现的?"

"靠魔法。"博士把注意力转向萨米,"这一定是萨米吧?"

"博士,我认为她和那个闪灵人有联结,"比尔解释道,"她在替他说话。"她第一次注意到博士大衣的金光,上下打量了一番,"你的衣服怎么了?"

"说来话长。"博士蹲下来凑近看萨米,"这么说,你是在替闪灵人说话?告诉我,他有什么话要说?"

她睁开眼睛,突如其来的强光让博士缩了一下。"帮帮我,"她呻吟着,"被困住了。"

"她的眼睛里有亮光。"诺亚对博士说,以防他没注意到。

"多谢提醒。"他站起来看着比尔,"你们要带她去哪儿?"

比尔朝着新建房屋的方向点点头,"她想去那儿。"

博士拍了拍手。"我也这么想。那我们还站在这里干什么?"他转身向前冲,不料,一辆出租车鸣着喇叭疾驰而过,让他一下子停住。

"博士,"诺亚抓住他的袖子,"不要在马路上乱跑。"

博士对他露出感激的微笑,"可不是,诺亚。交通安全记心间之类的。"

"什么?"

博士的脸上掠过一丝困惑，"其实我也不怎么明白，应该让绿十字侠[1]回来。"他牵起诺亚的手跑过马路，比尔和其他人跟在后面。萨米似乎走得顺畅些了，不再步履蹒跚，也许她觉得博士能帮上忙。比尔也希望如此，尽管她还有好些事情想弄明白。

"你刚才说的是什么意思？"他们都安全地过了马路后，她问博士。

"嗯？"

"你刚说的……把三个人都送回来什么的。"

博士有些神色不安，"斯科菲尔德警官和夏洛特还在隐界。"

"还在？所以你刚才也在那儿？"

博士点点头，"是个好地方，如果不是所有东西都想要你命的话。"他把注意力转回萨米身上，"但你想回到那里，是吗？你想回家。"

"她本来就在家。"希拉里厉声说，"但我们又把她拖到这里来了。"她气呼呼地瞪着比尔，"我就不该听你的。"

"我不是在跟你的女儿说话。"博士对希拉里说，目光却没有离开萨米，"我是在跟闪灵人说话，或者'迷失者'。是你在跟我们说话，对吧？"

"回家。"萨米呻吟着。

---

1. 英国一个始于20世纪70年代的交通安全宣传片里的主角。

博士捏了捏她的肩膀。"我们会带你回去的。我做了个交易，而且我是个守信用的人，即使这偶尔会让我丧命。"他指着建筑工地问，"你在那后面吗？在房子里？"

"在下面。"她抬头看着博士。这次博士没有眨眼，直视着光。

"带我去看看。"他从比尔手里接过萨米，把她搂在怀里。萨米双手绕过他的脖子握在一起，让他抱着自己穿过走道，进了屋子。

"我们要进去吗？"玛茜问。

"这地方似乎被抛弃了。"博士对她说，"也不奇怪。"

"为什么？"萨米领着他们走向后花园时，比尔问，"发生了什么事？"

"有点闹鬼。"他回答，"或者更确切地说，是闹博格特。"他朝泥地尽头的屋子点了点头，"你在那里面，是不是？"

萨米的眼睛比之前更亮了，光从她的嘴巴和耳朵里倾泻出来。

"被困住了。"她哀号起来，"好孤单。"

"而且很久了。"博士抱着她穿过开着的门，走向游泳池。

萨米往游泳池里看了看，眼里射出的光照射着碎裂的瓷砖上的一个位置。

"这就是了。"博士示意比尔来帮他。他把萨米放下让比尔扶着她，然后自己挤出屋子，回到花园。

"博士？"比尔在他身后喊。

"你们在那儿等着!"他一边回答一边走向工具堆,在建筑工人的装备里翻来翻去,终于找到了他想要的东西——他手里挥舞着一把大号鹤嘴锄,回到游泳池,希拉里警觉地退到一边。

"就是这个,萨米。"他走向浅水区,蹦下台阶,进入空荡荡的游泳池。

"你拿那玩意儿做什么?"比尔问。

"你喜欢童话故事吗?"他朝地上的光点走去。

"我更喜欢科幻小说。"比尔承认。

博士掂量了一下手里工具的重量,"你会喜欢的。"

"我喜欢。"诺亚说。

"那我就告诉你一个我自己原创的故事吧。"

"你觉得现在是讲故事的时候吗?"希拉里问。

"随他去吧。"比尔说。她认识博士太久了,知道他有时就是非显摆一下不可。

"很久以前,"他把鹤嘴锄举过头顶,"有个小女孩……"

然后,博士挖了起来。

33. 童话故事

鹤嘴锄劈向瓷砖，发出短促而尖锐的哐当声。博士又把它挥起来，继续讲故事："小女孩有一棵特别喜欢的树，一有机会她就爬到树的枝丫里，躲起来。"

哐当，又一声，他劈向地板，瓷砖裂开了。

"她不知道，树下埋着东西。"

哐当，他劈完瓷砖，踢开碎片，露出了光滑的混凝土。

"那是个博格特，几百年前被抓住了，困在这里。"

"被那个寻仙者！"比尔插嘴道，忽然明白了他在讲什么。

博士瞪了她一眼，"到底是谁在讲故事？"

"抱歉。"

"我说到哪儿了？"

"博格特被困住了。"玛茜提醒他。

"啊，对……"

哐当。现在，博士开始砸混凝土。

"这个博格特被铁链捆着，扔进了一个深洞里……"

哐当。每一次敲击都扬起缕缕灰尘。

"洞口上种了一棵树。树慢慢长大,树根在地下延伸……"

哐当。混凝土上开始出现裂缝。

"树根裹紧了博格特,确保它永远无法逃脱。然而,仙灵是很难杀死的……"

哐当。混凝土在博士脚边裂成了拼图一样的小碎块。

"有些人甚至会说,它们是杀不死的。其实,那个博格特睡着了……"

"就像刺猬吗?"诺亚问。

博士暂停挖掘,看着小男孩,"什么?"

"刺猬会在冬天休眠。"

博士思考了一下,"啊,它们的确会,你说得对。"

诺亚喜滋滋的。

"于是,博格特休眠了……"

哐当。博士把混凝土捣松后,将鹤嘴锄扔在一边,开始大块大块地刨起来。比尔让希拉里扶住萨米,跑进游泳池。

"所以博格特后来怎样了?"她也跪下来帮忙。

"它被遗忘了。"博士从坑里捧出一块块混凝土,"树长大了,博格特睡着了。但是树根吸收了一点它的魔力,使这棵树活了很久,远超它的正常寿命,于是,这个小女孩在几个世纪后还能爬上它的枝头。魔力传进她的身体,这对她没什么伤害。而且谢天谢地,这也没给她任何超能力,这个世界最近已经受够那玩意儿了。后来,她长大了,有了自己的孩子们。"他抬头看了一眼萨米,"一个女儿叫玛茜,一个儿子叫诺亚。"

玛茜的眼睛睁得大大的,"那个小女孩就是妈妈?"

博士点了点头,指了指刚挖出来的洞,"那棵树以前就在这儿。"

现在,混凝土被清走了,只留下夯实的泥土。

"诺亚,"他站起来搓着手说,"我需要一把铁锹。你能帮我拿一把来吗?就在刚才我找到锄头的地方。"

男孩匆匆跑进夜幕中,很快带回来一把几乎和他自己一样高的铁锹。他把铁锹交给博士,博士又回到洞里,继续一边挖一边讲:"博格特和那个女孩之间建立了联结。她自己从来不知道,博格特也不知道。它一直迷失在睡梦中,直到这棵树忽然被挖走。"

"为了建造这个地方。"比尔注视着挖个不停的博士。

博士把满满一铲子土扬到身后,"在深深的地底,博格特醒了。它能听到的只有上面传来的喧嚣和混乱。它很害怕。"

"很害怕。"萨米喘着气。

博士用脚蹬向铲子,继续挖着泥地。微风吹乱了比尔的头发。博士警觉地抬起头。"不!"他看着萨米,坚定地说,"别这样,告诉它,我们是想帮忙。"

比尔一个踉跄。她知道博士在担心什么,这风就像之前在塔迪斯里的一样。

"只想回家。"萨米呜咽起来,风越刮越大。

"发生什么事了?"诺亚尖叫着抱紧了姐姐。

比尔挣扎着站起来,从洞口吹出来的风不让他们靠近。

"它想保护自己!"博士在风暴中喊,"它在害怕!"

砖屋周围忽然亮起了光,玛茜开始尖叫。闪灵人们透过窗户往里看,光从他们的眼睛和嘴巴里照射进来。

"我知道那种感觉。"比尔说。

"我正在想办法送你回家。"博士大声说。这时,比尔被脚下的风刮得连站都站不稳了,在瓷砖地面上不住地打滑。博士的铲子重重地砸到地上——他被风吹了个仰面朝天,勉强招架着。

在他们上方,那些闪灵人已经穿墙而入——不是走进来的,这些家伙几乎没有动。只是一眨眼的工夫,就移进来了。

"我之前以为闪灵人是在进攻。"博士一边喊,一边匍匐前往洞的方向,"以为他们想突破隐界和实界之间的帷幕,但是我错了。他们是在呼救。因为有个博格特在这里,十分孤单。"

"好孤单!"萨米和那些闪灵人齐声哀号。

"即使现在,它也毫无办法。它无法理解正在发生的事情。这些闪灵人都是它心中恐惧的化身,是它的思想一次次裂开后的投射。所以人们在面对闪灵人时也会觉得被困住了,觉得无法逃脱。"

博士已经挪到洞旁，紧紧地抓住破碎的混凝土。

"当其中一个化身遇到萨米时，他们的思想就联结到了一起，因为他们之间早有特殊的纽带。与此同时，透过帷幕，仙灵们听到了这个游子的哭声。它们过来寻找它，但我们不明白。我们也很害怕。"

比尔不知道博士在跟谁说话，是她还是闪灵人。他又开始徒手挖掘泥土。她也迎着风向前爬，帮忙用手刨土。

"它忘记了不害怕的感觉，只觉得每件事都是潜在的威胁，哪怕那是有人想把它挖出来的声音。"

那排化身的眼睛发出的光比以往任何时候都要明亮，反射在游泳池的白色瓷砖上，令人眼睛生疼。

比尔低下头，眼里满是砂砾和灰尘。泥土里有什么东西，在光照下发亮，"博士！"

他看见了，又把手深深地插进土里。"这就是恐惧的作用！"他声嘶力竭，极力想把土里的东西拖出来，"恐惧掩盖了其他的一切，让你无法专心思考。即使有人告诉了你事实，你也不愿相信。一旦你屈服于恐惧，它就会吞噬你，按照它的形象重塑你。"

比尔也把手插进泥里，她的手指碰到了什么坚硬冰冷的东西，感觉像是条锁链。她用手指抓住那条金属链往上拉。

"就是它，"博士大喊，"快出来了！"

此刻的风太大了，比尔要被吹得悬空了。她拉了又拉，但地里的东西一动也不动。

"博士?"

"再用一点力!"

闪灵人发出的光无比强烈,她除了那耀眼的光什么也看不见,看不见博士,也看不见自己的手。她无法看清,也无法呼吸。她什么也听不到,除了风的肆虐。

她只知道自己非常、非常害怕。

34. 最后的约定

比尔的手从金属链上弹开,整个人都被甩了出去。她砰的一声撞在瓷砖上,一切都陷入黑暗。

她睁开眼睛后,风停了,光没了,那些闪灵人也不见了。天地一片模糊。但当她的眼睛可以重新聚焦时,她首先看到了一只挂在游泳池边的手臂。

"萨米!"比尔用嘶哑的声音叫了一声。她咬紧牙关站起来,冲到浅水区,跑上台阶。萨米趴在泳池边。她的孩子们都在附近,被希拉里紧紧地抱着。

萨米一动不动。

比尔把她翻了过来。她的脸色非常苍白。她还有呼吸吗?比尔把耳朵贴在萨米的鼻子旁边仔细听,她都不知道万一听不到动静该怎么办。

"妈妈?"诺亚从外婆怀里挣脱,向他们爬过来,"妈妈!"

萨米猛地咳嗽起来,吓了比尔一跳,那一阵咳嗽剧烈而痛苦。

"萨米,亲爱的。"希拉里和玛茜也过来了。

萨米的眼睛眨巴着睁开,但不再有光射出来。她的眼珠布满血丝,疲惫不堪,但仍有属于人类的眼神,尽管它们困惑地眯了起来,"妈妈?"

"哦,亲爱的。"希拉里抽泣着把女儿搂进怀里,"真的是你。你回来了。"孩子们也挤进拥抱,三代人紧紧地贴在一起,再也不想放开彼此。

一颗泪珠从比尔的脸颊上滑落。她坐了下来,让他们一家人享受这重逢的时刻。

"比尔。"博士的声音很轻柔。他还在游泳池里,变色的大衣上满是尘土。他面前是个蜷缩成一团的博格特。

比尔跑到他们身边。博格特身上紧紧缠着一条很粗的金属链子,那东西由于年代久远而锈迹斑斑,但仍然像寻仙者当年使用时一样结实。博格特的皮肤上但凡碰到铁的地方都伤痕累累,头上的毛发沾满了泥土和树枝,就像他们在树下找到萨米时一样。

它像一只受惊的小狗般哭个不停。

"它是不是……"

"它并不危险。"博士说着,跪下来探身检查,那个生物在他靠近前就更瑟缩了。

"我是想问,它是不是很疼?"

"当然疼,"博士回答,"你看看它。"

游泳池边上传来诺亚惊恐的叫声。比尔忽然发现泳池里不再是空荡荡的了，这里挤满了各种生物——一些是博格特，它们有可怕的四肢、牙齿和头发；还有不少其他怪物，有的翅膀嗡嗡作响地在半空中盘旋，有的佝偻在地上，诡异地盯着他们。

比尔发现自己很难把注意力集中在它们中的任何一个身上，她的大脑似乎拒绝相信那里真的有一群怪物。

博士站起来，为这些来访者致以欢迎。"我照你们说的做了。"他低头看看那个瑟瑟发抖的博格特，"我找到了迷失者。你们带上它，走吧。"

没有任何怪物上前一步。相反，它们退缩了，它们的目光从被绑着的同胞身上移到博士身上。

博士顿了一会儿，然后夸张地拍了拍自己的前额，"当然了，我真傻。你们不能靠近，因为有铁。那可不是像钢那样的被稀释过的垃圾，而是原子序数26的元素，百分之百的纯铁。我敢打赌，它对灵能力量的拦截就像石墙挡住 Wi-Fi 信号一样，更别提如果靠得太近，会对你们的皮肤造成什么影响。"他捡起鹤嘴锄，用一只手握着，"你们想让我放了它吗？"

"你答应了的。"一个飞在空中的怪物说。它的声音就像风中的枯叶。

"不，我说过我会把它还给你们，我已经做到了。那就是我们的约定。"

博格特在地板上呜咽。

"博士,放了它吧。"比尔对他说,"别那么残忍。"

他不理她,依然注视着那些怪物,"除非你们想再做一次交易。"

"你有什么提议?"那个声音低声说。

"如果你们把简·斯科菲尔德和夏洛特·萨德勒安然无恙地还给我,我就把锁链解开。这是个简单的交易,你们说呢?"

"一言为定。"对方回答。

"这对我来说就够了。当然,如果我的音速起子还在,就容易多了……"

他把锄头举过头顶,比尔的心都跳到嗓子眼儿了。他肯定不是要……

哐当!

鹤嘴锄击中了博士脚边的挂锁。挂锁上的链条滑落,从博格特身上掉了下来。

那怪物抬起头,睁开眼睛,眼中闪耀着闪灵人那样的强光。然后,它张开四肢,就像春天的第一朵花那样迎风绽开。接着它站起来,终于舒展了被束缚几个世纪的长臂。最后,它的嘴唇勾出一个温暖、真诚的微笑,比它的眼睛还要明亮。它的整个身体都在发光。

"回家,"它粗哑的声音里充满了希望,"终于回家了。"

比尔一直用手挡着眼睛,直到那亮光忽然熄灭。博格特不见了,仙灵族的其他怪物也不见了。之前博格特所在的地方躺着两个人。一个穿着褴褛的短夹克,另一个穿着破旧的警察制服,原本的海军蓝被染成了金色。

"斯科菲尔德警官!"博士大喊,在她们身边单膝跪地,"夏洛特!"

即使靠着外面照进来的半明半暗的灯光,比尔也看得出有什么不对劲:斯科菲尔德的头发像牛奶一样白,而夏洛特的皮肤像纸巾一样皱。

她们老了,就像之前的哈罗德·马特一样,老得不行了。她们的呼吸在狭窄的胸腔里呼哧作响,她们的四肢纤细脆弱,好像只要轻轻一碰,骨头就会像小树枝一样折断。

"不!"博士大吼,气得跳脚,"要她们本来的样子!那才是我们的约定!我们说好了的。"

"这笔账会算明白的。"一个粗声粗气的声音传来。比尔转过身,以为背后还有一个博格特。然而,声音来自萨米,她的眼睛最后一次发出了光。她像天使一样升到半空中,悬在他们的头顶,孩子们飞快地往后退。

"你救了我,博士。"博格特通过萨米说,"我会偿还我所亏欠的。"光从她的身体里射出来,就像阳光穿透云层。比尔往后一跳,光线扫过她面前那两具虚弱的身体。

"约定已履行。"博格特说。光线消失了,就像有人忽然关了灯。萨米发出一声尖叫,那不再是博格特的声音,而是源自一个女人突然发现自己悬空两米高时的惊慌。她落了下来,希拉里在她摔下游泳池之前接住了她。

夏洛特和斯科菲尔德警官在比尔脚边动了一下。她们看上去不再像垂死的老妇,而是如比尔初次见到她们时那样,充满活力和生机。

霍兰德一家跑下斜坡冲进游泳池,又开始拥抱。这一次,比尔在他们的中心。萨米拥着比尔,比尔拥着孩子们,希拉里拥着他们所有人。博士斜靠在鹤嘴锄上微笑着,这时泳池底瓷砖地板那边传来一个声音,使他放声大笑起来。

"谁能告诉我到底发生了什么事?"斯科菲尔德一头雾水地望着他们。

35. 他们从此生活得……

"你把我的杯子弄哪儿去了?"希拉里·沃什问博士。博士正偷偷摸摸地往客厅的门边挪,显然很忐忑,"杯子?"

"我给你沏了一杯茶,"她提醒他,"上次你来查看诺亚房间的时候。"

"你把它落在维尔玛里面了。"比尔提醒他。

"维尔玛?"

"我的露营车。"夏洛特坐在房间角落的皮椅里,"我想我再也见不到它了。"

"我对它能否通过下次年检深表怀疑。"博士对她说。

"那也不新鲜。"夏洛特看上去还没完全缓过劲来。

萨米知道她的感受。自从她跑出去跟那个闪灵人对峙,这几天里到底发生了什么,她几乎完全不记得。有一些记忆碎片,但其中大部分肯定不是她自己的。唯一重要的事情是,她现在回家了,又可以和孩子们依偎在沙发上了。

"有人提到茶吗?"她打算起身,"我去烧壶水。"

"不,不用你去。"她的妈妈立刻行动起来,"我去给每个人沏杯茶,然后再让你泡个澡,亲爱的萨米。"

萨米没再争论。

希拉里冲出房门,把博士挤到一边。萨米仍不太清楚这个人到底是谁,只知道他是个朋友,而且诺亚非常崇拜他。

斯科菲尔德走进来,穿着她那身独树一帜的金色制服。她把手机递给比尔,"谢谢。一辆警车正在过来的路上,特曼在医院。"

萨米觉得那个警察的眼神跟自己的一样,如梦初醒。

"我猜他们会想跟我们所有人谈谈。"萨米说,"但是我们该怎么说呢?"

"我不知道。"夏洛特承认,"能给点建议吗,博士?"

萨米望向客厅的门。

"博士?"诺亚在沙发上探身问。

萨米起身走向厨房,"妈妈,博士和比尔跟你在一起吗?"

"没有,亲爱的。他们不是在客厅吗?"

萨米转过身,看到前门半开着。

"他们不会已经走了吧?"斯科菲尔德开门望向外面的街道,"他俩不在的话,我该怎么向长官解释这一切呢?"

萨米感到一阵眩晕,她的妈妈立刻出现,扶着她回到沙发上。

"妈妈?"玛茜把手机递给夏洛特,眼睛却望向她,"你没事吧?"

"我很好。"萨米坚定地说,"我确定。"

她当然很好。她已经回家了。

"我真的可以先喝掉那杯茶再撤的。"他们在树林里艰难跋涉,比尔不禁抱怨。

"我们有茶。"博士告诉她,"有一整房间的茶。直走经过鞋柜,右边第二扇门。"他顿了顿,"或者那里是天文台?总之,塔迪斯里什么都有:伯爵红茶、大吉岭、袋泡茶……"他把一根树枝拨到一边,给比尔清出道路让她继续沿着小径走下去,然后他向那棵树道歉,让它摆回来。

"或者也可以等我们回到布里斯托再喝。你知道纳多尔喜欢小题大做地招待你。我想他甚至能找到些巴腾堡蛋糕。"

她做了个鬼脸,"噢!我可受不了那玩意儿。"

"各有所爱嘛。"

"这个地方会怎样呢?"他们找到了还在原地的塔迪斯,比尔问。

博士停在门边,"什么怎么样?"

"它们走了吗?仙灵?"

他环视四周,闻了闻空气,"帷幕已经拉好了。之前闪灵人引起的骚动导致屏障变弱,所以超地生物才能来回穿梭。我觉得它们好一阵子都不会想回来的。"

"那么闪灵人呢？我是说，那些冒牌货。"

"哦，他们很快就会被忘掉的。网上马上就会有别的胡说八道了。"他在口袋里摸索着找钥匙，然后停下来叹了口气。

"怎么了？"

"钥匙还在隐界。"他悲伤地说。

比尔简直不敢相信她听到的话，"那我们怎么才能回到塔迪斯里呢？"

他微微一笑，打了个响指，塔迪斯的门在他身后啪的一声打开，"魔法？"

她笑了，把他推进控制室，"显摆。"

塔迪斯神秘的引擎声在博戈惊吓林里回响。随着喧闹声渐渐逝去，警亭也消失了。

"拍到了！"夏洛特躲在一棵树后面。她拿着玛茜的手机，按下了相机应用的红色按钮，查看视频。屏幕上，博士和比尔进入塔迪斯，然后蓝盒子消失了。

她暂停视频，笑了。

这会火遍全网的……

致　谢

感谢贾斯廷·理查兹、夏洛特·麦克唐纳和阿尔伯特·德彼得里洛，是你们让我儿时为《神秘博士》写小说的梦想成为现实。

感谢爱德华·罗素让我对比尔的荧幕形象先睹为快，感谢乔治·曼恩和马克·赖特帮我在写作时保持理智，感谢我的经纪人简让一切顺利运作。感谢我的合作作者迈克和乔纳森的支持小组，而安德鲁·詹姆斯让我可以从第九任博士的故事中抽出一点时间，专注于第十二任博士的故事。

我还要感谢我超棒的家人，感谢克莱尔、克洛伊和康妮，当我在键盘前敲敲打打以及胡言乱语地说着精灵和博格特时，给予我支持。爱你们。